京口文化丛书

京口诗画

编著　柳学健

江苏大学出版社

镇江

图书在版编目(CIP)数据

京口诗画/柳学健编著.—镇江:江苏大学出版社,2020.12
ISBN 978-7-5684-1340-4

Ⅰ.①京… Ⅱ.①柳… Ⅲ.①诗词-作品集-中国②中国画-作品集-中国 Ⅳ.①I22②J222

中国版本图书馆 CIP 数据核字(2020)第 261598 号

京口诗画
Jingkou Shi Hua

编　著/柳学健
责任编辑/张　平
出版发行/江苏大学出版社
地　址/江苏省镇江市梦溪园巷 30 号(邮编:212003)
电　话/0511-84446464(传真)
网　址/http://press.ujs.edu.cn
排　版/镇江文苑制版印刷有限责任公司
印　刷/扬州皓宇图文印刷有限公司
开　本/890 mm×1 240 mm　1/32
印　张/9.375
字　数/220 千字
版　次/2020 年 12 月第 1 版　2020 年 12 月第 1 次印刷
书　号/ISBN 978-7-5684-1340-4
定　价/58.00 元

如有印装质量问题请与本社营销部联系(电话:0511-84440882)

总　序

徐耀新

镇江京口区委、区政府组织编写的《京口文化丛书》即将陆续出版发行。这是以口袋本丛书展示江苏地域文化的又一积极尝试。京口文化处于南京古都文化、吴文化和维扬文化结合部，是江苏地域文化的重要亚区之一，有着独特的历史传承和风貌特征。"上下千数百年，名公巨卿，鸿儒硕彦，项背相望。"此地历史上风流竞逐，尤以六朝时期为盛，"六代之风流人物综萃于斯"，留下了许多鸿篇巨制，诸如萧统的《昭明文选》、刘勰的《文心雕龙》等在中国文学史上被称为"开山之作"的传世名著，以及被称为"碑中之王"的《瘗鹤铭》。"何处望神州？满眼风光北固楼。千古兴亡多少事？悠悠，不尽长江滚滚流"，辛弃疾的这首千古绝唱对京口文化做了最具代表性的画面定格。

京口文化先后受到多种文化的影响，不断地融进了外来文化的元素，体现了多元化的发展方向，其特征和内涵可以概括为四个方面：一是南北交汇，开放包容。"江山清绝，襟吴带楚。"京口地处"吴头楚尾"，历史上受南下的北方移民影响很大，成为吴文化与北方文化不断冲突融合的典型地带。二是具有鲜明的山水文化特质。"京口江山，为天下冠。"京口是长江和京杭大运河十字"黄金水道"的地理交汇点,"三山五岭八大寺",境内分布着金山、焦山、北固山等著名山峰,独特的地理风貌孕育了京口文化。陶渊明、谢灵运、王昌龄、李白、苏轼、辛弃疾等著名的诗人词家,在这里留下众多歌咏山水的不朽诗篇。江山如画,唐代诗人王湾咏之为:"潮平两岸阔,风正一帆悬。"三是军事文化内涵丰富。临江靠山的京口自古以来一直是江防要塞,兵家必争,战争频繁。三国时代,孙权坐镇京口抗击曹操,赤壁之战"虽获捷于赤壁,实决机于丹徒"。宋金水师会战,"梁红玉击鼓战金山"传为千古佳话。辛弃疾发出千古感慨,"想当年,金戈铁马,气吞万里如虎"。四是宗教文化多元积淀。我国本土道教的著名派别茅山宗形成于镇江。佛教在东汉时即传入镇江,金山寺是中国佛教禅宗四大名寺之一。唐代时为留居镇江的阿拉伯和波斯商人修建的古润清真寺,是我国最早的伊斯兰教清真寺之一。鸦片战争后,随着镇江通商口岸开放,基督教、天主教的传教士纷纷来此传教,留下了赛珍珠那样的动人故事。

"诗文随世运,无日不趋新。"站在"十三五"经济社会发展的新起点,京口区委、区政府采纳笔者的建议,将编纂《京口文化丛书》纳入了京口区经济社会发展"十三五"规划,体现了京口区委、区政府彰显和弘扬京口优秀传统文化的责任担当,体现了镇江人民的文化自信和文化自觉。丛书的编撰贯彻了习近平总书记系列重要讲话精神特别是关于文化建设的新思想、新论述,以"精彩江苏"文化品牌为统领,纵横结合,书写京口文化的发展历程。《京口群贤》《京口烽烟》《京口风物》《京口诗画》《京口文华》和《京口神韵》等,从不同的横断面反映多姿多彩的京口文明,或诠释京口文化的典型形态,或描绘风景风俗、富饶物产和美丽传说,或刻画名人贤士,或赏析诗词丹青,或评述战争风云,或纵论京口精神。编撰者还向《大家小书》丛书学习,装帧设计秀美素雅,每本篇幅均在 10 万字左右,便携可堪卒读。

期盼编撰者能独运匠心、精耕细作、精益求精,使《京口文化丛书》珠联璧合,讲述京口故事,展示江苏精彩,传播中国声音,成为宣传和展示江苏地域文化的又一靓丽名片!

(作者系现任江苏省政协农业和农村委员会主任、江苏省政协教育文化委员会原主任、原江苏省文化厅党组书记、厅长)

序

　　京口是一个地方行政区域概念，又是一个历史概念。京口，镇江古称，拥有 3000 多年的历史，是吴文化的重要发祥地之一，南朝宋、齐、梁三朝帝王的故乡。自东吴迁都至此，"京口"一名即被确立，经过千年历史文化的更迭与发展，一直延续至今。"京口"虽现为城区行政区域名，但从古到今"京口"都是镇江的城市名片和文化符号。

　　素有"城市山林""天下第一江山"美誉的镇江，山水园林环抱城市，融秀丽与壮观为一体，以金山、焦山、北固山为代表闻名天下，吸引了无数文人墨客慕名前来，吟诗作对，挥毫泼墨，潜心作画。他们或栖身于金山寺、甘露寺、招隐寺，或寄情于多景楼、万岁楼、芙蓉楼，或饱览于焦山摩崖、《瘗鹤铭》……创作了万余首脍炙人口的诗词佳篇与宏伟瑰丽的笔墨丹青。从古至今，镇江集自然风光与人文素养之大成，"江山代有才人出，各领风骚数百年"，一代代的文人雅士留下数不胜数且不乏千古绝唱的诗词和书画，成就了这座 3000 多年的历史文化名城。

　　镇江诗词文化可谓源远流长。早在 1800 年前东晋六朝时期就有吟咏镇江的诗篇，以陶渊明、谢灵运、鲍照等诗家的诗，以及乐府民歌《华山畿》为代表。南朝宋宗室刘义庆世居京口，所著《世说新语》是我国第一部文言志人小说。南朝齐文学理论家刘勰出生即在镇江，他创作了中国第一部文学理论巨著《文心雕龙》。南朝梁时期，梁武帝萧衍（镇江丹阳人）能诗善书，其子萧统采集编著的《昭明文选》是中国现存最早的诗文总集；同期，南朝梁、陈间著名诗人徐陵编撰了中国第一部以女性为主题的诗歌总集《玉台新咏》。

到了盛唐，唐诗最为兴盛，更出现了大量的吟咏镇江的诗篇。据考，《全唐诗》就有 1000 多首。著名的诗句来自李白、王昌龄、王湾、孟浩然……不胜其数。"丁卯诗人"许浑、晚唐著名诗人张祜盘桓隐居于镇江，以诗抒情言志。到宋朝时，宋词被推向顶峰，苏轼、陆游、辛弃疾等都曾在镇江凭眺揽胜，创作出映照千秋万代的诗作；著名词人柳永对镇江有着深厚的感情，据传葬于镇江北固山；北宋书画大家米芾则定居镇江，创作了与"米氏云山"相互辉映的诗书作品；同时，移居镇江的著名天文学家苏颂制造出了世界上最古老的天文钟"水运仪象台"，沈括在镇江编撰了"中国科学史上的座标"之作——《梦溪笔谈》，二人也在镇江留下诗篇。元朝诗词受各民族文化大融合影响，"元一代词人之冠"萨都剌在镇江任职期间，朝鲜著名诗人李齐贤遨游三山时，都留下了众多佳构。

迨至明清时期，镇江出现了甚多本地名贤，如杨一清、冷士嵋、张玉书、笪重光、王文治等。"京口三诗人"余京、张曾、鲍皋分别推出了《江干诗集》《石帆诗集》《海门诗钞》等著作，风靡诗坛。京口诗社的"前七子""中七子""后七子"相继出现。对后世影响广泛的"前七子"之二张学仁、王豫编辑的《京口耆旧集》，是镇江民间以个人之力编辑的诗文著作。民国之后，镇江人、著名国学大家柳诒徵诗集《劬堂诗录》便以焦山开篇，足见他的镇江的人文情怀。近代著名书画家吴湖帆、林散之等来镇江游历后也写下了歌颂镇江山水的诗作。

镇江当代诗坛继承前人又不断突破，各路文人各类诗体各领风骚，出现了如闻捷、赵康琪、蔡永祥等一批诗人。镇江诗坛亦再焕生机。1962年成立的多景诗社是中华诗词学会全国七家发起单位之一。1987年，镇江市诗词协会成立；1996年，毛泽东诗词研究会成立。2002年，镇江扬中市便获得首批"全国诗词之乡"称号。2016年11月，镇江市荣获"中华诗词之市"称号。

苏轼有云"诗不能尽，溢而为书，变而为画"，诗词不足以表达，书画便是更好的升华。历史的"真景""实境"与艺术的"写情""意境"相辅相成，《京口诗画》充分展现了诗词与书画或结合或融通的文化形式，追求"诗中有画，画中有诗"的崇高境界。

在中国绘画史上，镇江占有重要的一席，镇江古代的绘画巨作与理论著作无不令人折服。东晋著名画家、音乐家、雕塑家戴颙隐居在镇江南山招隐寺潜心作画。中国最早的山水画论著作之一《叙画》的作者王微，据考为晋末北方南迁来京口的王氏后裔。唐代晚年定居镇江的著名画家王洽，以及隐居茅山的顾况，皆善泼墨山水。现藏北京故宫博物院的《五牛图》是为数不多的唐代传世真迹之一，也是我国最早作于纸上的画作，其作者韩滉曾在镇江任"润州刺史"。镇江句容人周文矩是五代南唐时期的著名宫廷画家，宋徽宗推崇其人物画，北宋《宣和画谱》将周文矩归在该时期人物画之首。北宋定居镇江的米芾父子，创"米氏云山"画法，开创了文人写意山水的先河，在中国绘画史上意义深远。据唐代张彦远《历代名画记》

和北宋米芾《画史》等记载，镇江佛教绘画艺术辉煌一时。晋唐佛画名家如顾恺之、陆探微、张僧繇、吴道子等均在镇江北固山甘露寺壁绘有佛像，这在绘画史上极其罕见，作品一直保存至北宋，后因大火而毁。南宋镇江画家赵芾绘制的名卷《江山万里图》现藏于北京故宫博物院，江参巨制长卷《千里江山图》现藏于台北故宫博物院。元代镇江书法家、收藏家郭畀不仅书法洒逸，还兼具绘画鉴赏能力，与赵孟頫相交甚好。明代镇江画家杜堇笔法精劲，被推为当时画坛的白描高手。

清初镇江画家、评论家笪重光有论画著作《画筌》问世，成为"京江画派"的理论先导。"京口三大家"蔡嘉、蒋璋、张琪，是康熙、雍正年间京口画坛的重要画家。"京江画派"主要活跃在乾隆、嘉庆、道光年间，能书善画的王文治对画派的形成功不可没，潘恭寿是画派过渡性重要人物，"潘画王题"直到今天都被画坛称道。张崟、顾鹤庆、潘思牧、周镐等一批画家打出"吾润画家，家自为法"的旗帜，以描绘京口山水的"真景""实境"为主旨，气韵生动，走出摹古的困境，创造了新的山水画法，在中国绘画史上当被更加重视。

近代的镇江画坛秉承传统，不断发展创新，获得了新的生命力。1957年"镇江画院"成立，是江苏省最早成立的三家市级画院之一。其1978年改名为"镇江国画馆"，1989年更名为"镇江中国画院"，2007年定名为"镇江画院"，2020年正式更名为"镇江书画院"。在老一辈镇江画家的带领下，京口画坛不断推陈出新，主张个性发展。中青年画家直面镇江新山水、新发展、新风貌，积极探索创新之路，大胆以新题材入画，为近年来倡导的"新京江画派"的兴盛与发展做着举足轻重的贡献。

柳　林

2020年10月

目　录

古代诗词选

现代诗词选

古代画选

现代画选

古代诗词选

始作镇军参军经曲阿①

陶渊明

弱龄寄事外②，委怀③在琴书。

被褐④欣自得，屡空常晏如⑤。

时来苟冥会⑥，宛辔憩通衢⑦。

投策命晨装⑧，暂与园田疏⑨。

眇眇⑩孤舟逝，绵绵⑪归思纡⑫。

我行岂不遥，登降⑬千里余。

目倦⑭川途异，心念山泽居。

望云惭高鸟，临水愧游鱼⑮。

真想初在襟⑯，谁谓形迹⑰拘。

聊且凭化迁⑱，终返班生庐⑲。

作者简介

陶渊明（约369—427），一名潜，字元亮，私谥靖节。浔阳柴桑（今江西九江）人。东晋末期南朝宋初期诗人、辞赋家、散文家。曾祖父陶侃为晋大司马，封长沙郡公；祖父陶茂曾为武昌太守；父亲陶逸曾为安城太守。陶渊明八岁时父亲去世，"少而穷苦，每以家弊，东西游走"，先后任江州祭酒、镇军、参军建威参军等职，四十一岁任彭泽县令，少日即自解归，从此归田隐居。陶渊明被称为"隐逸诗人之宗"，开创了田园诗派。陶诗的艺术成就从唐代开始受到推崇，后人称他为"六朝第一流人物"。传世作品共有诗文一百四十二篇，后人编为《陶渊明集》。

词语注释

① 曲阿：今镇江丹阳。据唐李吉甫《元和郡县图志》记载，秦时有人认为此地有王气，故凿之以败其势，截其直道，使之阿曲，故曰曲阿。天宝元年（472），改为丹阳县。

② 弱龄：年幼、年少。寄事外：寄身于世事之外。

③ 委怀：犹寄情。

④ 被：披在身上或穿在身上。褐：粗布衣。

⑤ 屡空：贫穷。晏如：安然。

⑥ 时：时运、时机。苟：如果。冥会：犹默契。

⑦ 宛：屈。辔：马缰绳，这里借指车马。宛辔：犹纡辔、曲辔，回驾的意思。憩：止息。通衢：大道，这里借喻仕途。

⑧ 投策：丢弃手杖。命晨装：令人备置清晨出发的行装。

⑨ 疏：远。

⑩ 眇眇：遥远的样子。

⑪ 绵绵：不绝的样子。

⑫ 纡：萦绕。

⑬ 登降：指从高处到低处、从低处到高处。

⑭ 目倦：犹言厌倦。

⑮ 惭高鸟、愧游鱼：对鸟和鱼惭愧。

⑯ 真想：淳真的思想，指爱好自然。初：全、始终。襟：

胸怀。

⑰ 形迹：形与迹，身体和行迹。

⑱ 化迁：造化运转。凭化迁：任凭时运自然的变化，即与时推移的意思。

⑲ 班生庐：语出汉班固《幽通赋》，指仁者隐居之处。

作品赏析

元兴三年（404）春夏间，陶渊明出任镇军将军刘裕的参军，自浔阳赴京口上任。诗人既想有所作为，但又无法预料前途，且深怕有违本性，进退之间，颇为矛盾和苦闷。此诗正是此种心情的写照。

从游①京口北固应诏诗②

谢灵运

玉玺③戒诚信，黄屋④示崇高。

事为名教用，道以神理超。

昔闻汾水游⑤，今见尘外镳⑥。

鸣笳发春渚，税銮⑦登山椒⑧。

张纽眺倒景，列筵瞩归潮。

远岩映兰薄⑨，白日丽江皋⑩。

原隰荑⑪绿柳，墟囿散红桃。

皇心美阳泽，万象咸光昭。

顾己枉维絷⑫，抚志惭场苗。

工拙各所宜，终以反林巢。

曾是萦旧想，览物奏长谣⑬。

作者简介

谢灵运（385—433），祖籍陈郡阳夏（今河南太康），出生于会稽始宁墅（今浙江上虞西庄）。南朝宋著名诗人。东晋名相谢玄之孙，因幼时寄养在钱塘杜家，故小名"客儿"，世称"谢客"。又以袭封康乐公，人称谢康公、谢康乐。寄情山水，不恤政事，为人奢豪，后以谋反罪被诛。山水诗派的开创者，其山水诗打破了东晋以来玄言诗统治诗坛的局面，对南朝和唐代诗歌发展都有一定的影响。原有集二十卷，已佚，明人辑有《谢康乐集》。

词语注释

① 从游：这里指随从宋武帝刘裕出游。

② 应诏诗：魏晋以来称应帝王之命而作的诗。

③ 玉玺：专指皇帝的玉印。

④ 黄屋：古代帝王专用的黄缯车盖，这里借指帝王之车。

⑤ 汾水游：语出《庄子·逍遥游》。尧为政事前往汾水北面的姑射山上拜见四位得道的高士，不禁茫然忘掉自身所居天下之位。后以"汾水游"形容超然物外的处世态度。

⑥ 镳：本义是马嚼子，借指马。

⑦ 税銮：解马停车。税，通"脱"。

⑧ 山椒：山顶。

⑨ 兰薄：兰草丛生的地方。薄，草木丛生的地方。

⑩ 江皋：江岸。

⑪ 原隰：广平低湿的地方。莫：初生的茅草的嫩芽。这里用作动词，泛指草木发芽。

⑫ 维絷：系缚；羁绊。

⑬ 长谣：长歌，指应诏诗。

作品赏析

这首诗以说理开篇，犹存当时玄言诗特点，极言皇权之崇高与威严。后以"昔闻汾水游"宕开，写从游京口之宏大场面和京口风景之丽，以衬托皇心之仁泽被万物，辞藻富丽堂皇、雍容华贵，显见应诏诗一般特征。最后六句，看到场苗之欣欣，顿生己身维絷之惭，而有返林巢之想，与前"汾水游"相照应，表达了诗人入宋后未获信任、常怀愤懑的情绪。作为应诏诗，能不失本心，亦是佳处。

蒜山①被始兴王命作诗

鲍　照

暮冬霜朔严，地闭②泉不流。
玄武③藏木阴，丹鸟④还养羞⑤。
劳农泽既周，役车时亦休。
高薄符好旧⑥，藻驾及时游。
鹿苑岂淹眺，兔园不足留。
升峤眺日轵⑦，临迥望沧洲。
云生玉堂里，风靡银台⑧陬。
陂石类星悬，屿木似烟浮。
形胜信天府，珍宝丽皇州。
白日回清景，芳醴洽欢柔。
参差出寒吹，飔庆⑨江上讴。
王德爱文雅，飞瀚洒鸣球⑩。
美哉物会昌，衣道服光猷⑪。

作者简介

　　鲍照（约414—466），字明远。祖籍东海（今山东郯城，有争议），侨居京口（今江苏镇江）。南北朝时期最杰出的诗人，与北周庾信并称"鲍庾"，与颜延之、谢灵运并称"元嘉三大家"。他的文学成就是多方面的，诗、赋、骈文都不乏名篇，而成就最高的则是诗歌。其诗现存二百多首，题材广泛，内容丰富，富有浪漫主义色彩。尤擅七言，对后来唐代李白、岑参、高适、杜甫等都有较大影响。现存《鲍参军集》十卷。

词语注释

① 蒜山：在今镇江市西，《隋书·地理志》将其列为润州的名山。一说山上多泽蒜，故名。

② 地闭：结冰。

③ 玄武：龟，蛇。

④ 丹鸟：凤的别称。

⑤ 养羞：指取储藏的食物。

⑥ 蒨：草木青葱的样子。

⑦ 日轵：指帝王的车驾。轵，古代车辕与横木相连接的关键。

⑧ 玉堂、银台：传说中王母的居处。

⑨ 飂戾：同嘹戾。形容声音响亮凄清。

⑩ 鸣球：击响玉磬。球，玉磬。

⑪ 衣：同"依"。光猷：大道。

作品赏析

此诗于元嘉二十六年（449）为应始兴王刘濬之命而作，由冬时景象入手，继写农事既闲，百业已歇，着重描绘刘濬之带随从游蒜山之乐。"升峤眺日轵"至"珍宝丽皇州"句，极写蒜山形势之峻、景物之美。"白日回清景"至"衣道服光猷"句，由写景而及人事，显见社会之繁华平和，歌颂始兴王之文雅与治功。应制之作，以颂扬居多，故文藻华丽。就文字而言，清王闿运说读了这首诗，才知道颜延之、谢灵运写诗不如鲍照。

陆东海谯山集①

江 淹

杳杳长役思，思来使情浓。

恒忌光氛②度，籍蕙望春红③。

青莎被海月④，朱华冒水松⑤。

轻气暖长岳，雄虹赫⑥远峰。

日暮崦嵫谷⑦，参差彩云重。

永愿白沙渚，游衍⑧遂相从。

丹山有琴瑟⑨，不为忧伤容。

作者简介

　　江淹（444—505），字文通。济阳考城（今河南民权东北）人。南朝政治家、文学家，历仕宋、齐、梁三朝。刘宋时，初为南徐州（治今江苏镇江）从事。举南徐州秀才。又曾为南徐州镇军参军，领南东海郡（郡治今江苏镇江）郡丞。入齐，累迁秘书监兼卫尉卿。仕梁，官至金紫光禄大夫，封醴陵伯。终年六十二岁，谥号宪伯。

词语注释

　　① 陆东海：当指南东海郡太守陆澄。据《梁书》《南史》

江淹传，江淹领南东海郡丞时，陆澄是该郡太守。谯山：焦山原名。集：聚会。

②　光氛：意为光景、时光。

③　籍蕙：坐于蕙草之上。"籍"通"藉"。红：红花。

④　被：覆盖。海月：海贝的一种，白色，正圆，大如镜。

⑤　朱华：红花。水松：落叶小乔木，杉科，常生于水边。

⑥　赫：红如火烧。

⑦　崦嵫谷：古代指太阳落入的山谷。

⑧　游衍：游乐。

⑨　"丹山"句：指山中鸟声如琴瑟之音。《山海经》丹穴之山有鸟名凤凰，自歌自舞。诗句本之。

作品赏析

这是现存最早的一首咏写焦山的诗篇，表明南朝刘宋时，焦山已成为京口游览之地。诗人与陆澄等人春天聚会焦山，既观赏水边的芳草佳木，耳闻如琴瑟之音的鸟声，又远眺"雄虹"和"远峰"，流连忘返，忧伤顿失。可见焦山风景的美好怡人。

诏①问山中何所有赋诗以答②

陶弘景

山中何所有，岭上多白云。
只可自怡悦③，不堪④持寄君⑤。

作者简介

陶弘景（456—536），字通明。丹阳秫陵（今属江苏南京）人。南朝齐梁时期的道教思想家、医药家、炼丹家、文学家，道教茅山派代表人物之一。陶弘景牛干江东名门，宋末曾为诸王侍读，因看透了混浊的人世，"虽在朱门，闭影不交外物，唯以批阅为务"（《南史》）。齐武帝永明十年（492），陶弘景隐居于句容茅山，自号"华阳隐居"。梁武帝萧衍早年曾与他交游。梁武帝即位，屡征不出，国家每有吉凶征讨大事，无不前以咨询，月中常有数信，时人谓为"山中宰相"，卒谥贞白先生。他撰有道教经典《真诰》、医学著作《本草经集注》等。原有文集已佚，今存明人所辑《陶隐居集》。

词语注释

① 诏：皇帝的文告，也称圣旨。

② 答：史载陶弘景隐居茅山中不出，皇帝下诏书询问："山中何所有？"陶弘景以诗作答。

③ 怡悦：娱乐。

④ 不堪：不能胜任。

⑤ 君：梁武帝。

作品赏析

此诗形式简短，构思精巧，是作者回答梁武帝诏问而作。诗人采用设问和比兴手法，从茅山中所多的白云落笔，表面上说白云虽佳美怡人但无法相赠，实际作者以白云自喻，说自已怀有白云一般的高洁志趣，已是山林之人，所以虽蒙征诏，不想也不能入朝为官。既委婉又坚决地回绝了征聘，表明了诗人归隐山林淡泊自持的情怀。诗作风格清逸隽永，为后世千古传诵。"白云"也因此成为后人归隐的象征。

登北顾楼①诗

萧　衍

歇驾止行警②，回舆暂游识。
清道巡丘壑③，缓步肆登陟。
雁行上差池，羊肠转相逼。
历览穷天步，睇瞩④尽地域。
南城连地险，北顾临水侧。
深潭下无底，高岸长不测。
旧屿石若构，新洲花如织。

作者简介

　　萧衍（464—549），即南朝梁武帝，字叔达，小字练儿。南兰陵（今江苏丹阳东北）人。齐末，历官宁朔将军、雍州刺史等。"竟陵八友"之一。南齐中兴二年（502），齐和帝被迫"禅位"于萧衍，南梁建立。萧衍在位时间达四十八年。曾改定《百家谱》，在位颇有政绩。晚年爆发"侯景之乱"，都城陷落，被拘饥病而死，葬于修陵，谥为武帝。工书法，通音乐，能诗文。著作极多，均已散佚，今存明人所辑《梁武帝集》。

① 北顾楼：萧衍于大同十年（544）三月登北固楼，更楼名为北顾。

② 行警：执行警跸。古代帝王出入时，于所经路途侍卫警戒，清道止行，谓之"警跸"。出为警，入为跸。

③ 丘壑：丘，矮小的土山；壑，水沟或水坑。丘壑，泛指山和水。

④ 瞵瞩：瞵，远看；瞩，注视。

作品赏析

这首诗记述了作者一次巡游经过北固山、登楼北顾的事。笔下所描，历历如画，山道之逼仄，江面之宽阔，都写得很生动形象，并写出了北固山形胜之所在："旧屿石若构，新洲花如织。"结尾两句，更似神来之笔，于险峻辽阔之中，点缀无限生机，也使画面层次感顿增。

华山畿①

佚　名

华山畿，

君既为侬死，

独生为谁施？

欢若见怜时，

棺木为侬开。

词语注释

① 华山畿：在南徐州（治今镇江市）至云阳（今丹阳市）的华山，即现在的姚桥镇华山村。后来用它作为歌调的名称，《乐府诗集》中有二十五首以此为名的歌曲。

作品赏析

此为南朝民歌，相传为一女子在哀悼为她殉情而死的恋人时唱的一首歌。《古今乐录》曰："《华山畿》者，宋少帝时《懊恼》一曲，亦变曲也。少帝时，南徐一士子从华山畿往云阳，见客舍有女子年十八九，悦之。无因，遂感心疾。母问其故，具以启母。母为至华山寻访，见女，具说。女闻。感之，因脱蔽膝，令母密置其席下，卧之，当已。少日果差，忽举席见蔽膝而抱持，遂吞食而死。气欲绝，谓母曰：'葬时，车载从华山度。'母从其意。比至女门，牛不肯前，打拍不动。女曰：'且待须臾。'妆点沐浴，既而出，歌曰：'华山畿，君既为侬死，独活为谁施？欢若见怜时，棺木为侬开。'棺应声开，女遂入棺。家人叩打，无如之何。乃合葬，呼曰：'神女冢'。"《华山畿》今存二十五首，这里所选为第一首，全诗纯为当时口语，赤诚地表现了女主人公对爱情的坚贞，她不惜用生命来报答为她失去生命的人，语气决绝，行为勇敢，读来惊天地、泣鬼神。诗歌所述，成为后来《梁山伯与祝英台》故事的雏形。

陪润州薛司空丹徒桂明府游招隐寺^①

骆宾王

共寻招隐寺，初识戴颙^②家。
还依旧泉壑，应改昔云霞。
绿竹寒天笋，红蕉腊月花。
金绳^③倘留客，为系日光斜。

作者简介

骆宾王（619—684），字观光，婺州义乌（今属浙江）人。骆宾王出身寒门，七岁能诗，号称"神童"。乾封二年（667），赴京对策中式，授奉礼郎等，后入朝为侍御史，曾被诬入狱，后遇赦，贬为临海县丞，世称骆临海。徐敬业起兵反对武则天，为之作《讨武曌檄》。敬业败，骆宾王亡命不知所终，或云被杀或云为僧。骆宾王擅七言歌行，曾久戍边城，写有不少边塞诗。后人收集之骆宾王诗文集颇多，以清陈熙晋《骆临海集笺注》流传最广。与王勃、杨炯、卢照邻合称"初唐四杰"。

词语注释

① 招隐寺：位于镇江南部招隐山。始建于南朝宋景平元年

（423），原为戴颙私宅，戴颙逝世后，其独生女矢志不嫁，舍宅为寺，遂名招隐寺。唐宋以来，寺庙几经兴废。

②戴颙（378—441）：字仲若，祖籍谯郡铚县（今安徽濉溪）。南朝时期音乐家、雕塑家、文学家。随父兄徙居会稽剡县（今浙江嵊州），游桐庐名山，后隐居于京口南山终老。

③金绳：佛教中离垢地用以分别界限的金制绳索。离垢地为大乘佛教中菩萨修行，使身心无垢清净的阶位。这里用金绳借指招隐寺。

作品赏析

唐初是格律诗成熟时期，作者这首诗已经是非常成熟的五言律诗。首联写出游行踪所在，采用对仗方式，为五言律诗所常见。颔联感今怀古，从大的方面入手，写招隐寺之泉壑之幽、云霞之美。颈联写冬天招隐寺具体景象，既层次分明，又色彩绚丽，为诗中名句。尾联从依依不舍中体现游兴之浓，隐含作者对戴颙隐居生活的向往。

登万岁楼①

孟浩然

万岁楼头望故乡，独令乡思更茫茫。
天寒雁度堪垂泪，月落猿啼欲断肠。
曲引古堤临冻浦②，斜分远岸近枯杨。
今朝偶见同袍友③，却喜家书寄八行④。

作者简介

　　孟浩然（689—740），襄州襄阳（今湖北襄阳）人，世称孟襄阳，因他未曾入仕，又称之为孟山人。早年隐居鹿门山，后多次游长安，求仕进无果，归隐襄阳。唐开元二十八年（740），王昌龄游襄阳，相见甚欢，纵情宴饮，孟浩然食鲜疽疾复发，终于治城南园。孟浩然为盛唐时期著名诗人，山水田园诗派代表人物。其诗清淡，长于写景，多反映隐逸生活，与王维齐名，并称"王孟"。有《孟浩然集》。

词语注释

　　① 万岁楼：为吴初筑，晋改创，旧址在月华山（镇江古城内）上。此楼唐代颇为有名，成为感怀时事、去国怀乡的极

佳去处。

②　冻浦：天寒结冰的河浦。此处隐含"冻浦鱼惊"孝亲之典，诗人或借此表达对父母的思念。

③　同袍友：交情很深的朋友。

④　八行："八行书"的简称，指书信。旧时信纸每页八行，故名。

作品赏析

此诗写冬日登万岁楼所产生的思乡之情。当是唐玄宗开元中孟浩然第二次游吴时所写。"天寒"二句触景生情，"曲引"二句以景托情，表现乡愁之苦。末二句以得至交传家书之喜，进一层写乡情之深。

次①北固山下

王 湾

客路青山外，行舟绿水前。
潮平两岸阔，风正②一帆悬。
海日③生残夜④，江春入旧年⑤。
乡书何处达？归雁洛阳边⑥。

作者简介

王湾（生卒年不详），洛阳（今属河南）人。唐玄宗先天
元年（712）进士及第，授荥阳县主簿。开元五年（717）唐朝
政府编次官府所藏图书《群书四部录》，受荐参与编书，书成
功授洛阳尉。曾往来吴楚间，多有著述。《全唐诗》收其诗
十首。

词语注释

① 次：路途中停宿。
② 风正：指顺风。
③ 海日：太阳从海上升起。
④ 残夜：夜色已残，指天将破晓。

⑤ 旧年：过去的一年。"入旧年"是说春来得早。

⑥ "乡书"二句：王湾希望北归的大雁能将家信带到故乡洛阳。

作品赏析

王湾作为开元初年的北方诗人，往来于吴楚间，为江南清丽山水所倾倒，并受到当时吴中诗人清秀诗风的影响，写下了一些歌咏江南山水的作品，《次北固山下》就是其中最著名的一篇。诗以对偶句发端，既工丽，又跳脱，既写客路，复写行舟，已见漂泊羁旅之情怀。次联写"潮平""风正"的江上行船，情景恢弘阔大，为描写北固山的千古名句。诗句通过"风正一帆悬"这一小景，把平野开阔、大江直流、波平浪静等大景全都表现出来了。三联写拂晓行船的情景，对仗工稳，又隐含哲理，历来脍炙人口。"海日生残夜，江春入旧年"，不仅句法新奇，更具有一种非凡的气度和张力，被唐以来能文之士奉为楷式。尾联见雁思亲，与首联呼应。全诗笼罩着一层淡淡的乡思愁绪。

芙蓉楼①送辛渐②二首

王昌龄

其一

寒雨连江③夜入吴④，平明⑤送客楚山⑥孤。
洛阳亲友如相问，一片冰心在玉壶⑦。

其二

丹阳⑧城南秋海阴，丹阳城北楚云深⑨。
高楼⑩送客不能醉，寂寂寒江⑪明月心。

作者简介

　　王昌龄（698—756），字少伯，京兆万年（今陕西西安）人。早年贫贱，困于农耕，年近不惑，始中进士。初任秘书省校书郎，又中博学宏词，授汜水尉，因事贬岭南。唐开元末返长安，改授江宁丞，晚年被谤谪龙标尉，故也称王江宁、王龙标。安史乱起，为濠州刺史闾丘晓所杀。王昌龄为盛唐著名边塞诗人，其诗以七绝见长，气势雄浑，格调高昂，素有"诗家天子""七绝圣手"之誉。原有集，已散佚，明人辑有《王昌龄集》。

① 芙蓉楼：在镇江古城西北，据《元和郡县图志》卷二十五《江南道·润州》："王恭为刺史，改创西南楼名万岁楼，西北楼名芙蓉楼。"

② 辛渐：诗人的一位朋友。

③ 连江：满江。

④ 吴：地名。泛指江苏南部和浙江北部一带。

⑤ 平明：天亮的时候。

⑥ 楚山：指江北的山。江北、淮南一带古时属楚。

⑦ 冰心在玉壶：唐以内怀冰清外涵玉润比拟做官清廉。

⑧ 丹阳：在今江苏省西南部，东北滨长江，大运河斜贯，属镇江市。

⑨ 楚云：指楚天之云。

⑩ 高楼：指芙蓉楼。

⑪ 寒江：称秋冬季节的江河水面。

作品赏析

这组诗大约作于天宝元年（742）王昌龄出为江宁（今南京）县丞时。王昌龄开元十五年（727）进士及第；开元二十七年（739）远谪岭南；次年北归，自岁末起任江宁丞，仍属谪宦。辛渐是王昌龄的朋友，这次拟由润州（今镇江）渡江，取道扬州，北上洛阳。王昌龄可能陪他从江宁到润州，然后在此分手。这两首诗所记送别的时间和情景是"倒叙"。第一首写的是第二天早晨在江边送别友人的情景；第二首写第一天晚上在芙蓉楼为友人饯行之事。全诗即景生情，寓情于景，含蓄蕴藉，韵味无穷，为千古传唱之名句。

焦山望松寥山①

李　白

石壁望松寥，宛然在碧霄。
安得五彩虹，驾天作长桥。
仙人如爱我，举手来相招。

作者简介

　　李白（701—762），字太白。自称祖籍陇西成纪（今甘肃天水），隋末其先人流寓碎叶城（唐时属安西都护府，即今吉尔吉斯斯坦托克马克西南阿克·贝西姆），幼时随父迁至绵州昌隆（今四川江油）青莲乡，故自号"青莲居士"。二十五岁离蜀，长期在各地漫游。天宝初供奉翰林，故也被称为李翰林。安史之乱中，曾为永王李璘幕僚，因璘败牵累，流放夜郎。中途遇赦放还。晚年漂泊困苦，卒于安徽当涂。李白是伟大的浪漫主义诗人，被后人誉为"诗仙"，与伟大的现实主义诗人杜甫齐名，并称"李杜"。存世诗文千余篇，有《李太白集》。

词语注释

　　① 松寥山：镇江东北的长江中有两座小山，与焦山相对，

属焦山余脉。古时，镇江往东即入东海，焦山一带江海相连。据史料记载，唐时一座叫松寥山，又称瘗鹤山；另一座叫夷山，又叫小焦山、海门山或鹰山。两山分峙江中，古称海门。

作品赏析

　　此诗应为作者青年时期出蜀远游时的作品。松寥山虽然矮小，但耸立于长江之中，人迹难至。首两句，半实半虚，似仙如幻，虽夸张，但并不离奇。紧接三、四两句，说要是有彩虹架在焦山与松寥山之间，就成了可以往来的长桥。最后五、六句说松寥山上有仙人很喜欢我，正举着手招呼我过去呢。此首登临之作，全从虚处着笔，将眼前所见，比作天上仙境，驰骋想象，在仙境与现实间架起一座彩虹桥，以此沟通"我"和仙人，层层递进，将松寥山瑰丽之境写得可见可感。全诗五言六句，反映了李白不拘俗套的率真本性。

江南曲五首（其五）

丁仙芝

始下芙蓉楼①，言发琅琊②岸。
急为打船开，恶许傍③人见。

作者简介

丁仙芝，生卒年不详，字元祯。曲阿（今江苏丹阳）人。唐玄宗开元十三年（725）登进士第，仕途颇波折，至十八年（730）仍未授官，后仕至主簿、余杭县尉等职。现存诗较少，有诗收入《丹阳集》。

词语注释

① 芙蓉楼：京口郡城西北楼，晋王恭为刺史时所建。今人移址新建于金山天下第一泉景区。

② 琅琊：即琅邪。据《文选》卷二十二徐敬业《古意酬到长史溉登琅邪城》李善注：梁武帝改南琅邪为琅邪郡，在润州江宁县西北十八里。即今镇江句容市北。

③ 傍：通"旁"。

　　《江南曲》是乐府旧题。全诗五首，仿效六朝乐府民歌，咏写江南风情。所选这首是写一女子乘船到京口见刺史，在芙蓉楼游赏后，又乘船往琅琊。以女子口吻叙说，有六朝民歌风味。清代吴乔《围炉诗话》卷二说："此诗落想最为飘忽。如云'因从京口渡，使报邵陵王'，何处得来？"

临江亭五咏① （其一）

储光羲

晋家南作帝②，京镇北为关③。

江水中分地，城楼下带山。

金陵事已往④，青盖理无还⑤。

落日空亭上，愁看龙尾湾⑥。

作者简介

储光羲（706？—763？），润州延陵（治今丹阳延陵镇）人，郡望兖州（今属山东）。唐玄宗开元十四年（726）进士及第。历监察御史。安史乱中，被叛军所俘，署伪官。脱身归朝后，被贬官南方，遇赦不久即卒。与王维等友善，是盛唐山水田园诗派重要诗人。

词语注释

① 此组诗共五首，所选为第一首。诗前有序，不录。临江亭：唐时在润州（今江苏镇江）北固山上，后废。

② 晋家南作帝：指以洛阳为都的西晋王朝灭亡后，南渡的晋元帝在建业建立东晋政权。

③ 京：京口要地成为建业的屏障。镇：险要处。

④ 金陵事已往：建都于金陵（即建业或建康，今江苏南京）的东晋、宋、齐、梁、陈割据江南之事已经过去，天下已经统一。

⑤ 青盖，即青盖车，王者之车。理：使者。意为六朝君王都已逝去。

⑥ 龙尾湾：地名，在金陵，此指代金陵。

作品赏析

作者自序说，《临江亭五咏》是感慨东晋至陈朝兴亡之事。诗人所以在润州咏叹其事，是由于京口（即润州州治）是六朝要地，并且金陵在唐代属润州，而"临江亭得其胜概"。所选第一首，可谓组诗序诗。前四句写京口之险要形势，后四句抒兴亡怀古之情。明代周珽评此诗："真盛唐之超越者也，与《渭桥北亭作》同一无限悲凉。"（《删补唐诗选脉笺释会通评林·盛唐五律中上》）

金山

皇甫冉

中江一柱碧崚嶒^①，壁立千寻我独登^②。

梵呗波随招过客^③，钟声船载送归僧。

窗前白上浪三尺，岭上青堆云几层。

六代风流衰歇尽^④，凭栏感喟意难胜^⑤。

作者简介

　　皇甫冉（722-767），字茂正。其先为安定（今甘肃泾川一带）人，后避居丹阳。唐天宝十五年（756）举进士第，曾任无锡县尉、左金吾卫兵曹参军、右补阙等官职。《全唐诗》有诗二卷。

词语注释

　　① 中江一柱：金山如同天柱矗立大江之中。崚嶒：高峻重叠状。

　　② 壁立：陡峭矗立。寻：古长度单位，八尺为一寻。千寻：约数，极言其高。

　　③ 梵呗：佛教做法事时的赞叹歌咏之声。波随：随波。

④ 六代风流：指六朝的吴、东晋、宋、齐、梁、陈的靡丽繁华景象。衰歇：衰落尽竭。

⑤ 凭栏：靠着栏杆。感喟：感叹。胜：尽。

作品赏析

这是现存金山诗中较早的一首。首联突出金山屹立江中，高峻陡峭，诗人独自登上，充满自豪。颔联运用互文，写金山周围江面景象。寺院的钟声和法事的咏叹声，仿佛随着水波向四方传送，船只运载着游客、信徒和僧侣来回往返。颈联写金山上的景象。房舍临江，白浪扑向窗前高有三尺；山顶上空，云层相叠，积聚成堆。尾联回顾往事，金山寺始建于东晋明帝时期，梁武帝曾亲自来参加水陆大会。这些繁华景象随着六朝的灭亡全都消失，自己依靠栏杆，感慨叹息，情意难平。

送灵澈上人①

刘长卿

苍苍竹林寺②，杳杳③钟声晚。
荷笠④带斜阳，青山独归远。

作者简介

刘长卿（？—约 789），字文房。河间（今属河北）人，一作宣城（今属安徽）人。唐天宝年间进士，曾任长洲县尉，因事下狱，两遭贬谪，又任睦州（今浙江建德）司马，官终随州（今属湖北）刺史，因称刘随州。刘长卿当时诗名颇大，尤其擅长五言，自称"五言长城"。他的山水写景诗风格清淡，与王维、孟浩然颇为接近。有《刘随州诗集》。

词语注释

① 灵澈上人：唐代僧人，本姓阳，字源澄，越州（今浙江绍兴）人，后为云门寺僧。上人，对僧人的敬称。

② 苍苍：深青色。竹林寺：即今鹤林寺，位于镇江南山，始建于公元 4 世纪，距今有 1500 年历史。

③ 杳杳：深远的样子。

④ 荷笠：背着斗笠。荷，背着。

作品赏析

　　这首小诗记叙诗人在傍晚送灵澈返竹林寺时的心情，即景抒情，构思精致，语言精练，素朴秀美，是唐代山水诗的名篇。前二句写遥望苍苍山林中的灵澈归宿处，远远传来寺院报时的钟响，点明时已黄昏，重在写景，景中寓情。后二句即写灵澈辞别归去情景：灵澈戴着斗笠，披着夕阳的余晖，独自向青山走去，越来越远。青山为上人所去处，独归而着一"远"字，显出诗人伫立目送，依依不舍，结出别意。全诗未写送者，但诗人久久伫立目送友人远去的形象仍显得非常生动。

题润州金山寺①

张　祜

一宿金山寺，超然离世群。
僧归夜船月，龙出晓堂云。
树色中流②见，钟声两岸闻。
翻思③在朝市，终日醉醺醺。

作者简介

　　张祜（约785—约852），字承吉，中晚唐著名诗人。家世显赫，被人称作张公子，有"海内名士"之誉。早年曾寓居姑苏（今苏州），后入长安，唐大和八年（834）失意东归。早年浪迹江湖，开成三年（838）访许浑于润州，后隐居曲阿（今丹阳）。张祜的一生，在诗歌创作上取得了卓越成就。"故国三千里，深宫二十年"，张祜以是得名。《全唐诗》收录其三百四十九首诗歌。

词语注释

　　① 金山寺：始建于东晋，原名泽心寺，亦称龙游寺，康熙皇帝南巡赐名江天禅寺，习惯仍称金山寺。

② 中流：水流的中央。金山寺原在江心。

③ 翻思：回想。

作品赏析

　　此诗为咏金山寺的名作。首联写诗人从尘世来到金山寺，感觉来到了一个没有名缰利锁的世外桃源。颔联和颈联描写了金山寺环境之优美清静。结句"终日醉醺醺"多认为打破了全诗意境的和谐。但此诗写作时间在张祜三十岁以前，因为仕途的失意，他过着放荡不羁的生活，而"翻思"二字使尾联与首联相呼应，突出了诗人对尘世生活的厌恶，或给世人以劝诫。唐以后诗人，多激赏中间二联，题金山寺诗多有化用，可见此诗对后世的影响之深。

京口怀古

戴叔伦

大江横万里，古渡①渺千秋。

浩浩波声险，苍苍天色愁。

三方归汉鼎②，一水限吴州③。

霸国④今何在，清泉长自流。

作者简介

戴叔伦（732—789），字幼公，一作次公。润州金坛（今属江苏）人。年轻时师事萧颖士，以文辞著。曾任东阳（今属浙江）令、抚州（今属江西）刺史、容州（今广西北流）刺史、容管经略使。晚年上表自请为道士，返乡途中客死清远峡（即飞来峡，在今广东清远）。中唐著名诗人。其诗形式多样，内容丰富，对宋明以后的神韵派和性灵派诗人产生过较大的影响。原有集，已散佚，明人辑有《戴叔伦集》。

词语注释

①古渡：指西津古渡（在今江苏镇江），唐时又名金陵渡。

② 鼎：为国之重器。汉鼎指汉代的国家政权和帝位。

③ 吴州：东吴之地。

④ 霸国：指三国之吴国。

作品赏析

　　此为怀古诗，咏三国东吴史事，感慨兴亡，赞颂天下统一。前四句写京口险要形势，"愁"字点出诗人心境，引出下文。后四句写魏蜀吴三方原都属于大汉王朝，孙权凭借长江天堑，割据江东，建立霸业，形成三足鼎立之势。然而随着历史前进，天下又终归统一。尾联以"霸国"不存与"清泉"长流对照，意蕴深沉悠远。

夜归丁卯桥①村舍

许　浑

月凉风静夜，归客泊岩前。
桥响犬遥吠，庭空人散眠。
紫蒲低水槛，红叶半江船。
自有还家计②，南湖二顷田。

作者简介

　　许浑（约791—约858），字用晦，一作仲晦。润州（今江苏镇江）人。唐大和六年（832）进士及第，先后任当涂（今属安徽）、太平（今属安徽）令，因病免。大中元年（847）入京，为监察御史，三年（849）因病乞归，后复出仕，任润州司马。历虞部员外郎，转睦、郢二州（分别为今浙江建德，湖北钟祥、京山一带）刺史。晚年归润州丁卯桥村舍闲居，自编诗集，曰《丁卯集》。其诗皆近体，五七律尤多，句法圆熟工稳，声调平仄自成一格，即所谓"丁卯体"。许浑是晚唐最具影响力的诗人之一。他的《咸阳城西楼晚眺》中"山雨欲来风满楼"是唐以来最著名的诗句之一。

① 丁卯桥：在镇江旧城东南古运河上，附近为许浑晚年归居之处。

② 还家计：归老还家的想法。

作品赏析

许浑迁居丁卯桥后十分眷恋那里的清幽环境，这首诗便是记述了一次晚归的情景。颈联仿佛一幅工笔画，紫蒲、水槛、红叶、江船，在描写的时候，添些色彩，然后再写具象和认知。"紫蒲低水槛"，先看到紫蒲，然后感受到水槛因紫蒲而变得低了一些。"红叶半江船"，先映入眼帘的是半江红叶，然后才是红叶下面的小船。清代镇江画家周镐《京江二十四景》中《半江红树》，画面上一叶扁舟，驶入江面，半江红树将人们带入秋高气爽的季节，其创意应该就是借鉴的这首诗。

京口闲居寄京洛友人

许　浑

吴门^①烟月昔同游，枫叶芦花并客舟。
聚散有期云北去，浮沉无计水东流。
一尊酒尽青山暮，千里书回碧树秋。
何处相思不相见，凤城龙阙^②楚江^③头。

词语注释

① 吴门：指苏州或苏州一带。
② 凤城龙阙：帝都，指洛阳、长安。
③ 楚江：长江中下游段称楚江。

作品赏析

　　首联追忆过去同友人赏游吴门烟月的情景。颔联先借"云北去"写友人的别离，再通过"水东流"写对友人的思念。颈联写送别的情景，"一尊酒尽"，让人不禁想起王维"劝君更尽一杯酒，西出阳关无故人"的诗句，而着一"青山暮"，更深入一层写友人身影渐入青山之中而不可见，诗人却伫立那里，一直延首西望，直到日落。颈联对句接颔联对句，写友人终于来了书信，这本应该是非常高兴的事情，但作者接着写下了"碧树秋"三字，应该是实写当时的季节，借此感慨人生苦短，为尾联做好铺垫。尾联抒发自己在楚江头，友人在京洛，虽大家相思如故，但不能重新相见的无限惆怅之情。

金缕衣^①

杜秋娘

劝君莫惜金缕衣，劝君惜取少年时。
花开堪^②折直须^③折，莫待^④无花空折枝。

作者简介

　　杜秋娘（约791—?），《资治通鉴》称杜仲阳，后世多称为"杜秋娘"。出生于润州（即今镇江）。15岁时成了李锜的侍妾。元和二年（807），李锜正式起兵造反。后造反失败，杜秋娘被纳入宫中，受到唐宪宗宠幸。元和十五年（820）唐穆宗即位，任命她为儿子李凑的傅姆。后来李凑被废去漳王之位，杜秋娘赐归故乡。杜牧经过金陵时，看见她又穷又老的景况，作了《杜秋娘诗》，其序简述了杜秋娘的身世。此诗，清孙洙《唐诗三百首》署名无名氏，而宋郭茂倩《乐府诗集》署名为李锜。

词语注释

　　① 金缕衣：指华丽贵重的衣服。
　　② 堪：可以。

③ 直须：只该，就应该。

④ 莫待：不要等到。

作品赏析

　　杜牧《杜秋娘诗》："秋持玉斝醉，与唱《金缕衣》。"自注中引入这首诗后交代"李锜常唱此辞"。《唐诗三百首》将之归入乐府，署名无名氏，做压卷之作。此诗上联用赋，下联用喻，通常理解为"人生无再少，为乐当及时"，也可以理解为励志诗。

润州

杜　牧

向吴亭①东千里秋，放歌曾作昔年游。
青苔寺里无马迹，绿水桥边多酒楼。
大抵南朝皆旷达，可怜②东晋最风流。
月明更想桓伊③在，一笛闻吹出塞愁。

作者简介

　　杜牧（803—852），字牧之，号樊川居士。京兆万年（今陕西西安）人。唐文宗大和二年（828）中进士，授弘文馆校书郎。后为江西团练巡官，又入江西、宣歙观察使和淮南节度使幕。曾任史馆修撰，膳部、比部、司勋员外郎，黄州、池州、睦州、宣州刺史等职，最终官至中书舍人，人称杜司勋、杜紫微（中书省别名紫微省，故称）。因晚年居长安南樊川别墅，故后世称"杜樊川"。杜牧为晚唐杰出诗人、散文家，与李商隐并称"小李杜"。著有《樊川文集》。

词语注释

　　① 向吴亭：在润州官舍南。

② 可怜：可羡慕。

③ 桓伊：东晋谯国铚县（今安徽濉溪）人，曾随谢玄于淝水破前秦苻坚，封永修侯。喜欢音乐，擅长吹笛子，时称"江左第一"。《梅花三弄》相传系据其笛调《三调》改编。

作品赏析

　　这是杜牧游览江南时写的诗。诗人登上向吴亭，极目东望，茫茫千里，一片清秋景色，给人一种极荒忽无际的感觉。诗人的万端思绪，由登临而纷至沓来。诗人从眼前的景色写起，再一笔宕开，追忆起昔年游览的情形。再由眼前的遗寺想到东晋、南朝，又由酒楼想到曾在这里嬉游过的先朝士人，巧妙地借先朝士人的生活情事而寄慨。东晋士人尚玄谈，旷达风流，却难掩空谈误国之弊。中间两联由览物而思古，充满着物在人空的无限哀婉之意。尾联用桓伊的典故，抒发自己对国势日衰、报国无门的深深幽愤。杜牧咏史诗"气俊思活"的特点，于此可见一斑。

算山①

陆龟蒙

水绕苍山固护来，当时盘踞实雄才。
周郎②计策③清宵定，曹氏④楼船白昼灰。
五十八年争虎视，三千余骑骋龙媒⑤。
何如今日家天下，阊阖门⑥临万国开。

作者简介

　　陆龟蒙（？—约881），字鲁望，别号天随子、江湖散人，唐代文学家。姑苏（今江苏苏州）人。年轻时豪放，通六经大义，尤精《春秋》。举进士不第后，曾从湖州刺史张抟门下游。后隐居松江甫里，人称"甫里先生"。置园顾渚山下，不与流俗交接，常乘船设篷席，备书籍、茶灶、笔砚、钓具，任游江湖间。所作诗文对晚唐时弊多有抨击，与皮日休唱和，世称"皮陆"，是唐朝隐逸诗人的代表。宋叶茵辑有《甫里先生文集》。

词语注释

　　① 算山：即蒜山，在今江苏镇江。一说三国时周瑜与诸葛

亮议拒曹操谋算于此，故名。

②周郎：即周瑜（175—210）。建安十三年（208）周瑜率吴军火攻，大败曹军。

③计策：指火攻赤壁的计谋。

④曹氏：指三国时的曹操。建安十三年（208）曹操进位为丞相，率军南下被击败于赤壁（今属湖北）。

⑤龙媒：骏马。

⑥阊阖门：古宫门名。

作品赏析

三国时期，算山位于咽喉要地，极具战略地位，是一座军事名山。陆龟蒙这首诗记述的正是三国时期著名战役"火烧赤壁"的故事。首联写算山形势，以见其门户险峻，并赞扬孙权盘踞江东，建立霸业。颔联承之而谈奠定孙权江东霸业的关键一役赤壁之战，大开大合，颇有"谈笑间、樯橹灰飞烟灭"的从容。颈联具体写周郎此计策和赤壁之战带来的巨大影响：奠定了孙吴五十八年基业，并与魏、蜀鼎立抗衡，照应首联，赞颂孙权、周瑜的雄才大略。至尾联，作者笔锋一转，写当今盛世繁华，以嘲笑孙权、周瑜所谓的功业不过尔尔，语气神态，颇显不屑。这里用皮里阳秋之法，暗中讽刺当今皇帝，以天下为家，贪图享受，而不知有所作为。

雨霖铃^①·寒蝉凄切

柳　永

　　寒蝉凄切^②，对长亭晚^③，骤雨初歇。都门帐饮无绪^④，留恋处，兰舟催发^⑤。执手相看泪眼，竟无语凝噎^⑥。念去去^⑦，千里烟波，暮霭沉沉楚天阔^⑧。　　多情自古伤离别，更那堪，冷落清秋节！今宵酒醒何处^⑨？杨柳岸，晓风残月。此去经年^⑩，应是良辰好景虚设。便纵有千种风情^⑪，更与何人说^⑫？

作者简介

　　柳永（约987—约1053），北宋著名词人，婉约派代表人物。福建崇安（今福建武夷山）人，原名三变，字景庄，后改名永，字耆卿，排行第七，又称柳七。宋仁宗朝进士，官至屯田员外郎，故世称柳屯田。他自称"奉旨填词柳三变"，以毕生精力作词，并以"白衣卿相"自诩。其词多描绘城市风光和歌妓生活，尤长于抒写羁旅行役之情，创作慢词独多。"凡有井水饮处，皆能歌柳词"，柳永是婉约派最具代表性的人物之一，对宋词的发展有重大影响。叶梦得《避暑录话》卷三记载："（柳）永终屯田员外郎，死旅殡润州僧寺。王和甫为守时，求其后不得，乃为出钱葬之。"其墓在北固山下。

① 雨霖铃：词牌名，也写作"雨淋铃"，调见《乐章集》。相传唐玄宗入蜀时在雨中听到铃声而想起杨贵妃，故作此曲。曲调自身就具有哀伤的成分。

② 凄切：凄凉急促。

③ 长亭：古代在交通要道边每隔十里修建一座长亭供行人休息，又称"十里长亭"。靠近城市的长亭往往是古人送别的地方。

④ 都门：国都之门。这里代指北宋的首都汴京（今河南开封）。帐饮：在郊外设帐饯行。无绪：没有心情。

⑤ 兰舟：古代传说鲁班曾刻木兰树为舟（南朝梁任昉《述异记》）。这里用做对船的美称。

⑥ 凝噎：喉咙哽塞，欲语不出的样子。

⑦ 去去：重复"去"字，表示行程遥远。

⑧ 暮霭：傍晚的云雾。沉沉：深厚的样子。楚天：指南方的天空。

⑨ 今宵：今夜。

⑩ 经年：年复一年。

⑪ 良辰好景：一作"良辰美景"。纵：即使。风情：情意。男女相爱之情，深情蜜意。情：一作"流"。

⑫ 更：一作"待"。

这首词是词人在仕途失意，不得不离京都汴京（今河南开封）时写的，是表现江湖流落感受中很有代表性的篇章。此词上片细腻刻画了情人离别的场景，抒发离情别绪；下片着重摹写想象中别后的凄楚情状。宦途的失意和与恋人离别，两种痛苦交织在一起使词人更加感到前途的暗淡和渺茫。全词遣词造句不着痕迹，绘景直白自然，场面栩栩如生，起承转合优游从容，情景交融，蕴藉深沉，将情人惜别时的真情实感表达得缠绵悱恻、凄婉动人，堪称抒写别情的千古名篇，也是柳词和婉约词的代表作。

送识上人①游金山登头陀岩②

范仲淹

空半簇楼台，红尘安在哉？

山分江色破，潮带海声来。

烟景诸邻断，天光四望开。

疑师得仙去，白日上蓬莱③。

作者简介

范仲淹（989—1052），字希文，北宋政治家、文学家。苏州吴县（今江苏苏州）人。大中祥符八年（1015）进士，官至参知政事。宋仁宗亲政后，担任右司谏一职。景祐四年（1037）知润州。宝元三年（1040），担任陕西经略副使。庆历三年（1043），参与推行"庆历新政"。后被贬为地方官，辗转于邓州、杭州、青州。皇祐四年（1052），病逝于赴颍州途中，谥文正，追封楚国公，后追封魏国公，世称"范文正公"。有《范文正公集》。

词语注释

① 识上人：上人是对和尚的尊称，"识"疑为僧名中的一

个字。

②　头陀岩：又名祖师岩，在金山西北角，有裴公洞。

③　蓬莱：蓬莱山，古代传说中的神山名，亦常泛指仙境。

作品赏析

　　这首诗气派阔大，尤其是"山分江色破，潮带海声来"两句，有色有声。开头两句，从大处着笔，写金山在水中，看上去金山寺就像海市蜃楼一样漂浮在半空之中，远离红尘喧嚣。颔联为警句，"山分江色破"写金山之奇险，"潮带海声来"写长江之雄阔，山、潮、江色、海声，意象浑莽雄丽，而着"分""破""带""来"，炼字亦精警不凡。颈联接着写金山烟云迷离与天光变幻之境。以上三联，都是写景，至尾联，上句方破题说出送上人登游之意，下联又用蓬莱山比之金山，与首句、颈联相贯穿，相呼应。

宿甘露寺僧舍

曾公亮

枕中云气千峰近，床底松声万壑哀。
要看银山拍天浪①，开窗放入大江来。

作者简介

曾公亮（999—1078），字明仲，号乐正。晋江（今福建泉州）人。北宋政治家、军事家。累官端明殿学士、知郑州、同中书门下事等。熙宁四年（1071）以太傅致仕，赐谥宣靖。所主编《武经总要》，为中国古代第一部官方编纂的军事科学百科全书。

词语注释

① 银山拍天浪：喻冲天巨浪像银色的山一样。

作品赏析

诗人用工细的笔触，描绘出一幅空阔奇妙的江南夜色图，写出了江水的壮观和甘露寺（位于北固山上）的险要。首句写山峰的云气，次句写山谷的松声，末两句写长江的风采。一句诗一个画面，全诗浑然天成。诗中有画，景中有情。"开窗放入大江来"，从横向展现了长江挟风劫雷奔腾而来的雄姿壮采。"放入"可说是再平常不过的词了，"开窗"不是看到大江，而是"放入大江"，当诗人把它置于一个特定的环境中时，就产生了不平常的效应，化死景为活景，变平淡为神奇，使人眼界一新，同时又塑造了一个气魄非凡、伟力无穷的"开闸引流"的巨人形象。末句振起全诗，豪迈而奔放，是传神之笔。诗人把长江的洪波巨浪写得如此壮美，如此撼人心魄，在古今诗词中并不多见。

甘露寺

梅尧臣

曾非①远城郭，寂尔②隔嚣氛。
尚有南朝树，能留北固云。
川涛观海若③，霜磬④入江濆⑤。
卫国丹青在，孤堂绿桂薰。

作者简介

梅尧臣（1002—1060），字圣俞。宣州宣城（今属安徽）人。宣城古称宛陵，世称宛陵先生。北宋著名诗人。初试不第，以荫补河南主簿。五十岁后，于皇祐三年（1051）始得宋仁宗召试，赐同进士出身，为太常博士。由欧阳修推荐，为国子监直讲，累迁都官员外郎，故世称"梅直讲""梅都官"。曾参与编撰《新唐书》，并为《孙子兵法》作注。与欧阳修、苏舜钦齐名，并称"梅欧"或"苏梅"。有《宛陵集》六十卷。

词语注释

① 曾非：犹并非。曾，程度副词，以加强语气。

② 寂尔：犹寂然。

③ 海若：海神名，代指海。

④ 霜磬：指磬声。磬为打击乐器，本为玉石制造，故名。

⑤ 江渍：江岸。亦指沿江一带。

作品赏析

　　首联说甘露寺离城不远，但来到甘露寺里，却显得非常冷清，完全没有了尘世的喧嚣。此联为实写，但用"曾非""寂尔"，便觉多一层凄冷的感情色彩在。颔联接着说，只有古老的树木，郁郁勃勃，还能留住北固山的风云之气。暗含物是人非、英雄不在的感慨。颈联写得极雄壮，看着长江中滚滚波涛，仿佛看到了远处的大海；甘露寺清冷的磬声，飘落在远处的江边。此联既实写所见所闻，又不禁令人逸兴遄飞。尾联一转作结，并没有随着思绪继续作慷慨语，而是轻轻地说了句：当年卫国公李德裕的画像还在，寺堂中的桂树也正飘着浓郁的花香。以景作结，戛然而止，但其歌颂历史风流人物、怀古伤今的思绪却萦绕不绝。全诗登临怀古，虽是写景，但含不尽之意。

宝墨亭①

苏舜钦

山阴不见换鹅经，京口今存《瘗鹤铭》②。

潇洒集仙来作记，风流太守为开亭③。

两篇玉蕊尘初涤，四体银钩藓尚青④。

我久临池无所得，愿观遗法快沉冥⑤。

作者简介

苏舜钦（1008—1048），字子美。梓州铜山（今四川中江）人，生于开封。参知政事苏易简孙子。景祐元年（1034），考中进士，出任蒙山县令，历任大理评事、集贤殿校理、监进奏院等职位。支持范仲淹推行的庆历革新，遭到御史中丞王拱辰劾奏，罢职闲居苏州，修建沧浪亭。庆历八年（1048），担任湖州长史，未及赴任，因病去世，葬于镇江，时年四十一岁。提倡古文运动，善于诗词，与宋诗"开山祖师"梅尧臣合称"苏梅"。著有《苏学士文集》诗文集、《苏舜钦集》十六卷，有《四部丛刊》影清康熙刊本，今存《苏舜钦集》。

词语注释

① 宝墨亭：北宋庆历八年（1048）建，藏有唐代王阳、

王奂之及其宗祖王羲之的字刻，以及《陀罗尼石经幢》和《瘗鹤铭》。原在焦山西麓，今在焦山定慧寺东边，改称宝墨轩，又称焦山碑林，系全国重点文物保护单位。

②山阴：今浙江绍兴。换鹅经：王羲之曾为山阴道士写《黄庭经》，道士把一笼鹅送给他。因而此件书法作品又称为《换鹅经》，一称《换鹅帖》。《瘗鹤铭》：焦山名碑，也是中国享有盛名的碑石，被誉为"大字之祖"。

③潇洒集仙：风度潇洒的集贤院学士。风流太守：文采风流的郡守。

④玉蕊：花名。此处用来赞美记文。涤：洗涤。四体银钩：四体指真草隶篆四种字体。银钩：形容书法有力。此泛指亭中所有碑刻书法。藓：苔藓。

⑤临池：此处指学习书法。王羲之与人书："张芝临池学书，池水尽黑。"沈冥：犹言沉思。

作品赏析

本诗一作苏轼所作。诗人写自己在绍兴没有看到王羲之写的《换鹅经》，却在京口焦山看到了《瘗鹤铭》。文采风流的郡守进行开亭仪式，潇洒的集贤院学士撰写记文。亭记文字清新典雅，真、草、隶、篆四种字迹遒劲有力。它们相互映照生辉，如刚冲洗了尘土的玉蕊花那么娇艳，似雨后的苔藓那么清新。尾联写自己多年学习书法没有什么长进，想学习借鉴前贤遗法，提高书法水平。全诗显露作者对焦山碑林的爱慕之情。

金山寺

司马光

秀刹冠嵯峨①，松门络薜萝②。
风清尘不到，岸阔鸟难过。
欲雨江声怒，新晴海气多。
行舟未摇棹，回望隔烟波。

作者简介

司马光（1019－1086），字君实，号迂叟。陕州夏县涑水乡（今属山西）人，生于光山（今属河南），世称涑水先生。北宋政治家、文学家、史学家。宝元元年（1038）进士，累官端明学士，知永兴军，次年退居洛阳。元丰八年（1085）哲宗即位，高太皇太后听政，召他入京主国政；次年任尚书左仆射、兼门下侍郎，数月间尽废新法，罢黜新党。为相八个月病死，追封温国公，谥号文正。著有《司马文正公传家集》《资治通鉴》等。

词语注释

① 嵯峨：本是形容山的峻峭，这里即指金山。

② 薜萝：薜荔和女萝。两者皆蔓生植物，常攀缘于山野林木或屋壁之上。

作品赏析

　　镇江金焦二山，各有特征，金山小巧玲珑，以辉煌的塔寺建筑争长；焦山高大雄伟，以苍翠的竹木取胜。此诗首句艺术而形象地写出了"金山寺裹山"的特征，二句接着写金山寺山门的清幽。颔联、颈联接首联写金山寺地处江心，东临海口的形胜特征。尾联写顺风而出，回望金山寺，远在江心烟波飘渺之中，显得恋恋不舍。全诗语言平实自然，生动贴切，正与诗人文风、人品相一致。

润州钱祠部新建宝墨亭①

苏　颂

王萧书迹卫公诗②，流落③江南世少知。
古寺购寻遗刻在，新亭龛置断珉④奇。
模传⑤遂比黄庭⑥字，埋没非同石鼓⑦碑。
墨薮书评多逸事⑧，何妨挥翰与题辞⑨。

作者简介

　　苏颂（1020—1101），字子容。原籍福建同安，注籍镇江。北宋中期宰相，杰出天文学家、天文机械制造家、药物学家。制造出世界上最古老的天文钟"水运仪象台"，并著有《图经本草》等。其父苏绅曾任集贤殿修撰，死后葬镇江京岘山。苏颂晚年定居镇江，死后葬五州山。苏颂与沈括几乎同时代，其十个子女有六人为官。

词语注释

　　① 祠部：官名。宝墨：泛指珍贵的书画。
　　② 王萧书：指宝墨亭内陈列有东晋王羲之《瘗鹤铭》残石两方、南朝萧纲《招隐刹铭》等。卫公诗：唐代李德裕（又

称李卫公）所题《玉蕊花》诗刻。

③ 流落：流失在外。

④ 断珉：指《瘗鹤铭》残碑。珉，洁白如玉的石头。

⑤ 模传：谓模拓而传播。

⑥ 黄庭：指晋王羲之书写的《黄庭经》法帖。

⑦ 石鼓：东周初秦国刻石。

⑧ 逸事：谓散失沦没而为世人所不甚知的事迹。

⑨ 挥翰：犹挥毫。题辞：泛指所写的诗文。

作品赏析

　　该诗作于北宋庆历八年（1048），其时苏颂正在润州为父守孝。据南宋《嘉定镇江志》载，北宋庆历六年（1046）秋天，钱彦远以祠部员外郎知润州（太守），他命人打捞起《瘗鹤铭》残石，并建亭予以陈列。在开亭之际，他邀请了众多名士咏诗作文，以示庆祝和纪念这一文化盛事。苏颂对钱太守建亭的举动十分赞许，为此专门写了《润州州宅后亭记》，并赋诗赞咏。关于这次文化盛事，在地方志中并没有记载。而这个重要的雅聚，被当时的苏舜钦、苏颂等人以诗歌的形式记录了下来。正是钱彦远创建宝墨亭，开启了镇江焦山收藏碑刻的先河。

泊船①瓜洲

王安石

京口瓜洲一水间，钟山②只隔数重山。
春风又绿江南岸，明月何时照我还？

作者简介

王安石（1021—1086），字介甫，号半山。临川（今江西抚州）人。宋代杰出的政治家、思想家、学者、诗人、文学家、改革家，唐宋八大家之一。庆历二年（1042）进士。嘉祐三年（1058）上万言书，提出变法主张。神宗熙宁二年（1069）任参知政事，次年实行变法。因保守派反对，新法遭到阻碍。熙宁七年（1074）辞退，次年再相，九年（1076）再辞，还居江宁（今江苏南京），封舒国公，改封荆，世称王荆公，卒谥文。著《字说》《钟山目录》等，多已散佚，有《临川集》传世。

词语注释

① 泊船：泊，停泊。指停泊靠岸。
② 钟山：在今江苏南京东郊，又名紫金山。

　　这首著名的抒情小诗作于熙宁八年（1075）二月。其实王安石二次拜相，奉诏进京，心情复杂。第三句"绿"字是吹绿的意思，是使动用法，用得精警绝妙。传说王安石为用好这个字改动了十多次，从"到""过""入""满"等十多个动词中最后选定了"绿"字。因为其他动词只表达春风的到来，却没表现春天到来后千里江岸一片新绿的景物变化。结句"明月何时照我还"，诗人用疑问的句式，想象出一幅"明月""照我还"的画面，进一步表现诗人思念家园的心情，也表现了既想重施政治抱负又想早点离开官场是非的心情，很有余韵。这首诗境界开阔，格调清新，不仅借景抒情，情寓于景，而且叙事富有情致。

金山

沈　括

楼台两岸水相连，江北江南镜里天。
芦管①玉箫②齐送夜，一声飞断月如烟。

作者简介

　　沈括（1031—1095），字存中，号梦溪丈人。钱塘（今浙江杭州）人。北宋科学家、政治家。嘉祐八年（1063）进士。神宗时参与王安石变法运动。熙宁五年（1072）兼提举司天监，次年赴两浙路（今浙江全省和上海市，以及江苏镇江、金坛、宜兴等地）考察水利、差役等事。熙宁八年（1075）出使辽国，次年任翰林学士，后知延州（今陕西延安），奉命措置对西夏的防御。元丰五年（1082）因宋军于永乐城之战中为西夏所败，连累被贬。晚年卜居镇江梦溪园。《宋史》说他"博学善文，于天文、方志、律历、音乐、医药、卜算，无所不能，皆有所论著"。他所写的《梦溪笔谈》，被英国科学技术史专家李约瑟称为"中国科学史上的座标"。

词语注释

　　① 芦管：胡人的一种管乐器，截芦为之，故名。

② 玉箫：玉制的箫或箫的美称。

　　这首诗应该是作者卜居梦溪后游览金山所作。前两句从所见处着笔，写金山处于江中，波平风静，岸阔江清，两岸楼台就像浮在镜天之上。后两句从所闻、所感处着笔，月色如烟中，芦管玉箫，一片升平。全诗意境清空幽远，既得宋人之清，又不失唐诗之厚，实为描写金山美景之佳作。

游金山寺

苏　轼

我家江水初发源①，宦游直送江入海。
闻道潮头一丈高，天寒尚有沙痕在。
中泠②南畔石盘陀③，古来出没随涛波。
试登绝顶望乡国，江南江北青山多。
羁愁畏晚寻归楫④，山僧苦留看落日。
微风万顷靴文⑤细，断霞半空鱼尾赤。
是时江月初生魄⑥，二更月落天深黑。
江心⑦似有炬火明，飞焰照山栖乌惊。
怅然归卧心莫识，非鬼非人竟何物？
江山如此不归山，江神见怪惊我顽。
我谢⑧江神岂得已，有田不归如江水⑨。

作者简介

　　苏轼（1036—1101），字子瞻，号东坡居士。眉州眉山（今属四川）人。北宋文学家、书画家，与父苏洵、弟苏辙合称"三苏"。嘉祐二年（1057）进士，授凤翔府签判，知密、徐、湖三州。元丰二年（1079），被指作诗讽新法，贬居黄州。哲宗即位，累官端明殿学士。苏轼为文涵深奔放，作诗清疏隽逸，为"唐宋八大家"之一。词开豪放一派，对后世产生巨大影响。其文与欧阳修并称"欧苏"，其诗与黄庭坚并称"苏黄"，其词与辛弃疾并称"苏辛"，其书法与黄庭坚、米芾、蔡襄并称"宋四家"。后人辑有《苏东坡全集》等。

词语注释

① 古人认为长江发源于四川岷山，苏轼的家乡眉山在岷江流域。

② 中泠：泉名。原与金山同在长江之中，现位于金山公园西南。

③ 石盘陀：石头不平。这里指江中突起的石头。

④ 归楫：回去的船。

⑤ 靴文：靴皮的花纹。形容细波微浪。

⑥ 初生魄：新月初生。苏轼游金山在农历十一月初三。

⑦ "江心"四句，作者自注：是夜所见如此。

⑧ 谢：告诉。

⑨ 如江水：以江水为证，古人发誓的一种方式。

作品赏析

宋神宗熙宁初年（1068），苏轼由于写了《上神宗皇帝书》《拟进士对御试策》等批评新法的文章，引起变法派不满，因而不安于在京任职，乃自请外放，于是被任命为杭州通判。这首诗即是他在熙宁四年（1071）赴任时经过镇江金山寺所作。程千帆先生在《宋诗精选》中对这首诗的艺术成就有一段精辟的评价："诗题为游寺，通篇寓情于景。其写蜀人远宦，写冬季来游，写金山特色，写登山望乡，都很分明。以下转入山僧留看落日，但以'微风'二句略作形容后，便将难见之江中炬火代替了常见之江干落日，从而抒其所见所感。至于炬火是否江神示意，则更不加以说明，留供读者推想。起结遥相呼应，不可移易地写出了蜀士之远游，而中间由泛述金山，而进写傍晚江干断霞，深夜江中炬火。笔次骞腾，兴象超妙，而依然层次分明。"还应该指出的是，此诗的表现角度，略去对寺景的刻画摹写，着重写登高眺远之景，将古与今、虚与实、情与景融为一体，于景物的刻画中，渗透着浓郁的乡情，使人感到景之新、情之真。通篇既放得开，又收得住，充分反映出苏轼的七古波澜壮阔、开阖自如的特色。

以右军①书数种赠邱十四

黄庭坚

邱郎气如春景晴，风暄②百果草木生。

眼如霜鹘齿玉冰，拥书环坐爱窗明。

松花泛砚摹真行，字身藏颖秀劲清。

问谁学之果兰亭，我昔颇复喜墨卿③。

银勾虿尾烂箱簏，赠君铺案黏曲屏。

小字莫作痴冻蝇④，《乐毅论》⑤胜《遗教经》⑥。

大字无过《瘗鹤铭》⑦，官奴⑧作草欺⑨伯英⑩。

随人作计终后人，自成一家始逼真。

卿家小女名阿潜，眉目似翁有精神。

试留此书他日学，往往不减卫夫人。

作者简介

　　黄庭坚（1045—1105），字鲁直，自号山谷道人，晚号涪翁。洪州分宁（今江西修水）人。北宋诗人、词人、书法家，江西诗派开山之祖。英宗治平四年（1067）进士，历官叶县（在今河南叶县）尉，北京大名府（今河北大名）国子监教授、校书郎、著作佐郎、秘书丞，涪州（今重庆涪陵等地）别驾、黔州（今重庆彭水）安置等。绍圣初，以校书郎坐修《神宗实录》失实被贬职，后来新党执政，屡遭贬，死于宜州（今属广西）贬所。诗歌方面，与苏轼并称为"苏黄"；书法方面，则与苏轼、米芾、蔡襄称为"宋四家"；词作方面，与秦观并称"秦黄"。有《山谷集》七十卷。

词语注释

① 右军：东晋书法家王羲之，后人称为"书圣"，因曾任右军将军，世称"王右军"。邱十四：十四为排行，应是作者的一个朋友。

② 风暄：犹言风和日暖。

③ 墨卿：墨的戏称。宋时常以毛纯、罗文、墨卿、楮先生，分别指笔、砚、墨、纸。

④ 痴冻蝇：形容小楷写得僵硬、呆板、无生气。

⑤《乐毅论》：指王羲之小楷抄写的三国时期魏夏侯玄所撰《乐毅论》，墨迹本今已不传。

⑥《遗教经》：指晋代王羲之、唐代孙过庭书写的《佛遗教经》。

⑦《瘗鹤铭》：焦山摩崖石刻，作者不详，被黄庭坚称为"大字之祖"。原刻在镇江焦山崖石上，因崩崖后残断不全，又长期浸于江水中，现仅能依稀看出原笔的神韵。现存镇江焦山碑林内。

⑧ 官奴：有人认为是王羲之少子王献之的乳名。

⑨ 欺：压倒，超过。

⑩ 伯英：东汉末年草书代表人物张芝，字伯英。

　　这首诗作于元丰三年（1080），作者三十六岁。其时作者正处于书法风格形成和演变的关键时段。从诗的内容看，姓邱的朋友向他求字，遂作此诗以赠。先写邱郎其形之清、其字之秀劲，是从学"兰亭"而来。然后谈自己的书法过程与认识，而对昔日之作多有反思。他认识到自己书法存有的"痴钝"的"俗病"，告诉朋友，正是《瘗鹤铭》帮他体悟到"自成一家始逼真"的道理。最后勉励邱郎与其家小女，希望学诗有成。议论入诗、以诗阐述书法见解，历史上并不鲜见，只是这首诗是写给熟悉《瘗鹤铭》及《乐毅论》《遗教经》等书法艺术作品的同好的；尽管如此，并不妨碍对这些作品生疏的读者体会作者所表达的哲理。

金山晚眺

秦　观

西津^①江口月初弦^②，水气昏昏^③上接天。
清渚^④白沙茫不辨，只应^⑤灯火是渔船。

作者简介

　　秦观（1049—1100），字少游，号太虚，又号沧海居士。扬州高邮（今江苏高邮）人。北宋文学家。宋神宗元丰八年（1085）进士。哲宗时历任太学博士、秘书省正字、国史院编修官。以文学受知于苏轼，与黄庭坚、张耒、晁补之同为苏门四学士。有《淮海集》。

词语注释

　　① 西津：即西津渡，因渡口在（镇江）城西，故名。唐代亦称金陵渡。
　　② 初弦：农历每月初七、八两夜，月斜向上，状如弓弦形，叫上弦月，或初弦月。
　　③ 昏昏：迷迷糊糊的样子。
　　④ 渚：水中小块土地。

⑤ 只应：料想、应当。

　　秦观曾多次登临金山，游山玩水，访僧谈禅。现存金山诗四首，《金山晚眺》是其中最有影响的一首。全诗将夜晚在金山举目远眺的景象描写得清透婉丽、韵味俊爽。只见西津渡口上空，一弯新月初照，光色朦胧；江上水气上升，一时间使人难以分辨哪里是天，哪里是江上清渚，哪里是礁边白沙。看到点点灯火，可以想像远处应当有渔船停泊。诗情画意，令人赏心悦目。

多景楼

米　芾

华胥①兜率②梦曾游，天下江山第一楼。

冉冉明廷万灵入，迢迢溟海六鳌愁。

指分块圠③方舆④露，顶矗昭回⑤列纬⑥浮。

衲子⑦来时多泛钵，汉星归未觉经牛。

云移怒翼抟⑧千里，气霁刚风⑨御九秋。

康乐⑩平生追壮观，未知席上极沧洲⑪。

作者简介

米芾（1051—1107），字元章，号襄阳漫士、海岳外史、鹿门居士。祖籍山西太原，迁居襄阳，后定居润州（今江苏镇江）。历知雍丘县、涟水军、左常博士、知无为军。徽宗诏为书画学博士，人称"米南宫"。曾任校书郎、书画博士、礼部员外郎。他一生未卷入政治漩涡，生活相对安定。能诗文，擅书画，精鉴别，书画自成一家，与其长子米友仁开创"米氏云山"画派。擅篆、隶、楷、行、草等书体，与苏轼、黄庭坚、蔡襄并称"宋四家"。

① 华胥：即华胥氏国。理想的安乐和平之境的代称，或作梦境的代称。

② 兜率：即兜率天，梵语音译。佛教所说六欲天之一，意译喜足。

③ 坱圠：漫无边际貌。

④ 方舆：地。古人认为地载万物，如同车舆。天圆地方，故称方舆。

⑤ 昭回：指日月星辰光耀回转。

⑥ 列纬：经纬。

⑦ 衲子：僧人。

⑧ 抟：回旋，盘旋。

⑨ 刚风：高天强劲的风。

⑩ 康乐：谢康乐，即谢灵运。

⑪ 沧洲：滨水的地方。古称隐者所居之处。

作品赏析

《多景楼诗帖》是北宋书法家米芾传世大字之代表作品，附有自注："多景楼，禅师有建楼之意，故书。"据此推测，米芾写此诗时，唐末建于北固山上临江楼故址的多景楼已不存，诗人创作完全是凭自己对北固山江景的体悟。此诗写得浪漫雄丽、奇崛不凡，与书法艺术正相辉映，堪称诗书完璧。开头两句便说，这里如天上仙境、人间梦境，是自己曾经魂牵梦绕的地方，果然是"天下江山第一楼"。后面四句，写多景楼登临所见之阔远与高大。接着四句，写登临所感之繁华与雄壮。最后两句，用谢灵运之游踪，反衬此地之美。米芾卜居于此，结海岳庵，并号"海岳外史"，可见他对多景楼的喜爱之深。

葬妻京岘山结庐龙目湖上^①

宗　泽

一对龙湖青眼^②开，乾坤倚剑独徘徊。

白云是处堪埋骨，京岘山头梦未回^③。

作者简介

　　宗泽（1060—1128），字汝霖。婺州义乌（今属浙江）人。元祐进士，宋朝名将，宋高宗建炎（1127—1130）初，为东京留守。与金兵大战十三次，连战皆胜。因屡战皆捷，金人惮其威望呼为"宗爷爷"。他激励将领进行抗金，收复失地。宗泽前后上书二十余次，请高宗归汴京，并制定了收复中原的方略，但均未被采纳。他因壮志难酬，忧愤成疾，临终前三呼"渡河"。卒后谥忠简，与其夫人合葬于镇江京岘山。著有《宗忠简公集》传世。

词语注释

　　① 京岘山：在镇江城东象山镇境内。龙目湖：在京岘山下，左右各一湖，似一双龙目。相传为秦始皇东巡时所凿，现已淤塞。

② 青眼：晋阮籍看人以青白眼，受他赞赏的人多以青眼视之。此处说龙目睁开了青眼。

③ 梦未回：睡梦未醒。此处指自己没有放弃抗金救国的志愿。

作品赏析

这是宗泽在北上前，安排夫人陈氏墓葬事毕而写的一首诗。宗泽抗金意志坚决，本诗表达了失去妻子的惆怅、哀伤的情感，同时还显示了他以天下为己任的气概，充分表现了他誓死北上抗金的强烈感情。

烟江叠嶂图①

蔡　肇

瓜洲东望西津山，山平水阔生寒烟。

海门日出江雾破，沿江山色寒苍然。

五州京岘穹隆隐辚尚不见，

况乃鹿跑马迹点滴之微泉。

中泠之南古浮玉，钟鼓下震蛟龙川。

楼台明灭彩翠合，海市仙山当目前。

兴来赤脚踏鳌背，挥弄白日摩青天。

原松芊芊雪欲尽，野气郁郁春逾妍。

三更潮生月西落，寒金万斛流琼田。

江山佳处心自省，画图忽见犹当年。

有如远作美人别，耿耿独记长眉娟。

双瓶买鱼晚渡立，孤篷听雨春滩眠。

翰林东坡知此乐，至今舟上渔子谈苏仙。

玉堂橡蜡照清夜，苇间幽梦来延缘。

山川信美归未得，送行看尽且作公子思归篇。

作者简介

　　蔡肇（？—1119），字天启，号丹阳先生。润州丹阳（今属江苏镇江）人。曾任吏部员外郎、国史编修、中书舍人等职。北宋画家，工画山水人物石，善诗文。著有《丹阳集》，已佚。

词语注释

① 烟江叠嶂图：北宋著名画家王诜曾用青绿山水和水墨山水两种方法创作了两幅同主题的作品——《烟江叠嶂图》。如今这两幅《烟江叠嶂图》都藏于上海博物馆，为上海博物馆一级文物、镇馆之宝。水墨本后有苏轼和王诜唱和诗并跋。

作品赏析

此诗为和苏轼《书王定国所藏〈烟江叠嶂图〉》原韵之作。东坡诗中说"不知人间何处有此景"，又说"君不见武昌樊口幽绝处，东坡先生留五年"，可见并不知所画为何处之景，只是以武昌樊口一带自己经历，附会作画本。蔡肇作为镇江人，认为此画本就是镇江一带江山景物，所写亦有理有据，而又倍加精当。前六句明确说《烟雨叠嶂图》绘的位置是"瓜洲东望西津山"，画面是从瓜洲向东看镇江所见，西津一带的山就是大背景。五州山、京岘山等大一些的景物，因为太远，画面上已不能看得到；鹿跑泉等就更小了，画面上更看不到了。"中泠"到"寒金"十句，重点写金山一带景色，以贴合画中主要山水形胜。"江山"到"孤篷"六句，主要是谈王诜画这幅画的初衷。"翰林"及以下句，概述苏轼在《书王定国所藏〈烟江叠嶂图〉》一诗中所表达的对图中所绘情景的向往和镇江人民对苏轼的思慕。通篇可见作者对家乡风景的无比自豪与热爱之情。

水调歌头·多景楼

陆　游

　　江左占形胜，最数古徐州①。连山如画，佳地缥缈著危楼。鼓角临风悲壮，烽火连空明灭，往事忆孙刘。千里曜戈甲，万灶宿貔貅。　　露霑草，风落木，岁方秋。使君宏放，谈笑洗尽古今愁。不见襄阳登览，磨灭游人无数，遗恨黯难收。叔子②独千载，名与汉江流。

作者简介

　　陆游（1125—1209），字务观，号放翁。越州山阴（今浙江绍兴）人。南宋杰出诗人、词家。高宗时以荫补登仕郎。孝宗时赐进士出身。中年入蜀，投身军旅生活，官至宝章阁待制。始终坚持抗金，晚年退居家乡，但收复中原的信念始终不渝。创作诗歌今存九千多首，内容极为丰富，与杨万里、尤袤、范成大合称南宋"中兴四大诗人""南宋四大家"。著有《剑南诗稿》《渭南文集》《南唐书》《老学庵笔记》等。

词语注释

　　① 古徐州：即今镇江。东晋南渡时南徐州治所在今镇江。

② 叔子：西晋大将羊祜，字叔子。

　　作者三十九岁时出任镇江府通判，时金兵方踞淮北，镇江为江防前线。次年二月到任，十月初，陪同知镇江府事方滋登楼游宴时，内心感叹而写下此词。词的上片追忆历史人物，下片写今日登临所怀，全词发出了对古今的感慨之情，表现了作者强烈的爱国热情。开始从多景楼的形势写起，由大到小，由远到近，起得苍莽横空，气象森严，于悲壮中蓄雄健之气。带起"鼓角"一层五句，追忆三国时代孙、刘合兵兵破强曹的往事，画面雄浑辽阔。换头处以九字为三顿，节奏峻急。接下去"使君"两句又重新振起，展开当前俊彦登楼、宾主谈笑的场面，敷色再变明丽。"古今愁"启下结上。最后一层，用西晋大将羊祜镇守襄阳、登临兴悲故事，以古况今，借羊祜劝勉方滋，希望他能像羊祜那样，为渡江北伐作好部署，建万世之奇勋。

雪霁晓登金山

杨万里

焦山东，金山西，金山排霄南斗齐。

天将三江五湖①水，并作一江字扬子②。

来从九天上，泻入九地③底。

遇岳岳立摧，逢石石立碎。

乾坤④气力聚此江，一波打来谁敢当！

金山一何强，上流独立江中央。

一尘不随海风舞，一砾不随海潮去，

四旁无蒂下无根，浮空跃出江心住。

金宫银阙⑤起峰头，槌鼓撞钟闻九州。

诗人踏雪来清游，天风吹侬⑥上琼楼，

不为浮玉⑦饮玉舟⑧，

大江端的⑨替人羞！金山端的替人愁！

作者简介

　　杨万里（1127—1206），字廷秀。吉水（今属江西）人。幼时家境清寒，绍兴二十四年（1154）进士，历任太常博士、宝谟阁直学士等职。韩侂胄当政时，因政见不合，隐居十五年不出，最后忧愤成疾而终。南宋名将张浚谪居永州，勉杨万里以"正心诚意"之学，因此他自名书室为"诚斋"，世称诚斋先生。杨万里为南宋杰出诗人，与尤袤、范成大、陆游合称"南宋四大家"。其诗平易自然，清新活泼，称"诚斋体"。有《诚斋集》。

词语注释

① 三江五湖：这里泛指长江所承汇的江河湖泊。

② 扬子：扬子江，为长江下游一段。

③ 九天、九地：形容天极高、地极深。

④ 乾坤：天地。

⑤ 金宫银阙：指金山层层叠叠的壮丽的楼观寺院。

⑥ 侬：我。

⑦ 浮玉：金山一名浮玉山。

⑧ 玉舟：一种大酒杯。

⑨ 端的：真的，真个。

作品赏析

作者路经镇江金山时，看到风景如画的金山的亭台变成了专门招待金使的烹茶场所，愤慨地写下了这首诗。诗体采用杂言换韵的形式，长短错落，张弛有度，读来大气磅礴、雷霆万钧，与"诚斋体"一般的清新风格，有明显不同。"天将三江五湖水，并作一江字扬子""乾坤气力聚此江，一波打来谁敢当"，如此巨大的冲击力，可以说是无可阻挡，而"金山一何强，上流独立江中央"，一尘一砾都不被卷走，就这样无根无蒂地"浮空跃出江心住",说明金山更有力量,能与"来从九天上"的江水抗衡。然而,这么有力的金山,现在却成为招待金国使臣的烹茶场所,所以诗人最后狠狠地一转笔锋:"大江端的替人羞!金山端的替人愁!"替谁羞?替谁愁?就是指那个屈辱的南宋小朝廷。诗人将这强烈的忧忿情感饱含在这辛辣的讽刺之中。

水调歌头①·金山观月

张孝祥

江山自雄丽，风露与高寒。寄声月姊②，借我玉鉴③此中看。幽壑鱼龙悲啸，倒影星辰摇动，海气夜漫漫。涌起白银阙④，危驻⑤紫金山。　　表独立⑥，飞霞珮⑦，切云冠⑧。漱冰濯雪，眇视万里一毫端。回首三山⑨何处？闻道群仙笑我，要我欲俱还。挥手从此去，翳凤⑩更骖鸾⑪。

作者简介

张孝祥（1132—1170），字安国，号于湖居士。历阳（今安徽和县）人。南宋著名词人、书法家。绍兴二十四年（1154）状元。廷试第一，居秦桧、孙秦埙之上，登第后即上书为岳飞叫屈。秦桧指使党羽诬其谋反，将其父子投入监狱，秦桧死后获释。历任校书郎兼国史实录院校勘、中书舍人、抚州（今属江西）知州、建康（今南京）留守等职。其词风格豪迈。在建康任上所作《六州歌头·长淮望断》，慷慨激昂，力主抗金的大臣张浚为之感动罢席。有《于湖居士文集》。

词语注释

① 水调歌头：词牌名，又名"台城游"等。双调九十五

字，上片九句四平韵，下片十句四平韵。

②月姊：原指传说中的月中仙子、月宫、嫦娥，借指月亮。

③玉鉴：指玉镜，喻圆月。

④白银阙：指月宫。此处借指金山寺。

⑤危驻：犹高驻。

⑥表独立：卓然而立。表，特。

⑦霞珮：仙女的饰物。珮，佩带的玉饰。

⑧切云冠：古代一种高冠的名称。

⑨三山：传说中的海上三座神山，即方丈、蓬莱、瀛洲。

⑩翳凤：本谓以凤羽为车盖，后用为乘风之意。

⑪骖鸾：仙人用鸾鸟来驾车云游。

作品赏析

作者在乾道三年（1167）三月中旬，舟过金山，登临山寺，夜观月色，江水平静，月色皎洁，如同白昼，此情此景，诗人心中生起无限的遐想和情思，于是写下了这首著名的词篇。词的上片描写秋夜壮丽的长江，星空倒映，随波摇动，呈现出一种奇幻的自然景象。接着笔锋一转，着重抒写作者沉浸美景而飘然出尘的思绪，"回首"以下五句，宕开笔力，抒写潇洒出尘、飘然欲仙的情思，不仅显示出作者开阔的心胸和奇特的英气，而且生动地反映了其词作的个性和风貌。

永遇乐·京口北固亭怀古

辛弃疾

千古江山，英雄无觅，孙仲谋①处。舞榭歌台，风流总被、雨打风吹去。斜阳草树，寻常巷陌，人道寄奴②曾住。想当年，金戈铁马，气吞万里如虎③。　　元嘉草草④，封狼居胥⑤，赢得⑥仓皇北顾。四十三年⑦，望中犹记，烽火扬州路⑧。可堪回首，佛狸祠⑨下，一片神鸦社鼓⑩。凭谁问，廉颇⑪老矣，尚能饭否？

作者简介

辛弃疾（1140—1207），字幼安，号稼轩。历城（今山东济南）人。出生时，山东已为金兵所占。二十一岁参加抗金义军，不久归南宋，历任湖北、江西、湖南、福建、浙东安抚使等职。任职期间，采取积极措施招集流亡，训练军队，奖励耕战，打击贪污豪强，注意安定民生。一生坚决主张抗金，但不被朝廷重用，曾长期落职闲居江西上饶、铅山一带。晚年知镇江府，做抗金准备工作，不久病卒。辛弃疾为南宋杰出词人，豪放派代表人物，其词热情洋溢，慷慨悲壮，笔力雄厚，与苏轼并称为"苏辛"。有《稼轩长短句》。今人辑有《辛稼轩诗文钞存》《稼轩词编年笺注》。

① 孙仲谋：孙权，字仲谋，三国时吴国的开国君主，曾建都京口。

② 寄奴：刘裕，小名寄奴。曾居住在丹徒（今江苏镇江）京口里。初为东晋将领，后掌握东晋实权。代晋称帝，国号宋。史称宋武帝。

③ "想当年"三句：刘裕曾两次领兵北伐，收复洛阳、长安等地。

④ "元嘉草草"句：元嘉是刘裕子宋文帝刘义隆年号。刘义隆仓促北伐，遭北魏主拓跋焘军队重创。

⑤ 封狼居胥：《史记，卫将骠骑列传》载汉武帝时，骠骑将军霍去病曾率五万骑兵远征匈奴，大胜，"封狼居胥山"而还。

⑥ 赢得：剩得，落得。

⑦ "四十三年"句：自"隆兴北伐"失利至词人作此词，共四十三个年头（1163—1205）。

⑧ 烽火扬州路：指淮南东路，其治所在扬州。隆兴北伐的主战场在淮北，距淮南东、西两路最近。北伐军溃败后，两路处于金人的直接威胁之下，故扬州地区报警的烽火十分紧急。

⑨ 佛狸祠：北魏太武帝拓跋焘小名佛狸。公元 450 年，他曾反击刘宋，在长江北岸瓜步山建立行宫，即后来的佛狸祠。

⑩ 神鸦：指在庙里吃祭品的乌鸦。社鼓：祭祀时的鼓声。

⑪ 廉颇：战国时赵国名将。

　　此词作于开禧元年（1205），作者时在镇江任上。江山千古，欲觅当年英雄而不得，起调不凡。开篇借景抒情，由眼前所见而联想到两位著名历史人物孙权和刘裕，对他们的英雄业绩表示向往。下片词意自然地由怀古转入感慨本朝的政治现实。南宋孝宗隆兴元年（1163），张浚主持北伐，因事起仓促，加之前线将帅不和，招致溃败，金人反乘机胁迫南宋签订"隆兴和议"，割地称侄。如今外戚韩侂胄执政，志大才疏，寡谋躁进，谋划北伐以建千秋功业，又并不重用像词人这样有经验的老将。词人对此感慨颇多。其中"佛狸祠下，一片神鸦社鼓"写北方已非宋朝国土的感慨，最为沉痛。结尾三句，借廉颇自比，表示出词人报效国家的强烈愿望和对宋室不能进用人才的慨叹。全词豪壮悲凉，义重情深，放射着爱国主义的思想光辉。此词沉郁顿挫，用典贴切，是稼轩集中压卷之作。明代杨慎在《词品》中说："辛词当以京口北固亭怀古《永遇乐》为第一。"

念奴娇·登多景楼

陈　亮

　　危楼还望，叹此意、今古几人曾会？鬼设神施，浑认作天限南疆北界。一水横陈，连冈三面，做出争雄势。六朝何事？只成门户私计。　　　　因笑王谢诸人①，登高怀远，也学英雄涕。凭却长江，管不到、河洛腥膻无际。正好长驱，不须反顾，寻取中流誓。小儿破贼②，势成宁问强对③！

作者简介

　　陈亮（1143—1194），原名汝能，后改名陈亮，字同甫，号龙川，人称龙川先生。婺州永康（今属浙江）人。南宋思想家、文学家。隆兴初年（1163），"因上《中兴五论》，奏入不报"。孝宗淳熙五年（1178）诣阙上书论国事。后曾两次被诬入狱。光宗绍熙四年（1193）策进士，擢为第一，授建康军判官厅公事，未到任而卒。著有《龙川文集》《龙川词》，存词七十余首。

词语注释

　　① 王谢诸人：泛指当时有声望地位的士大夫。

② 小儿破贼：《资治通鉴》记淝水之战："谢安得驿书，知秦兵已败，时方与客围棋，摄书置床上，了无喜色，围棋如故。客问之，徐答曰：'小儿辈遂已破贼'。"当时率军作战的是谢安弟侄，故称"小儿辈"。

③ 强对：强敌。

作品赏析

这首词的写作背景是孝宗淳熙十五年（1188）春天，陈亮到建康和镇江考察形势，准备向朝廷陈述北伐的策略。词的内容以议论形势、陈述政见为主，与此行目的息息相通。开头两句，凌空而起，大笔挥洒，直抒胸臆。接下来两句，从江山形势的奇险引出对"天限南疆北界"主张的抨击。险要的江山不被当作进取的凭藉，而是被看成天设的南疆北界。"浑认作"三字，亦讽亦慨，笔端带有强烈感情。紧接着借批判六朝统治者，来揭示现实中当权者苟安论调的思想实质，词锋犀利，入木三分。换头"因笑"二字，承上片结尾对六朝统治者的批判，顺势而下，使上下片浑然一体。前三句用新亭对泣故事，借以讽刺南宋上层统治集团中有些人空有慷慨激昂的言辞，而无北伐的行动。"凭却长江，管不到、河洛腥膻无际。"这是对统治者"只成门户私计"的进一步批判。"管不到"三字，可谓诛心之笔。到这里，由江山形势引出的对当权者的揭露批判已达极致，下面转而承上"争雄"，进一步正面发挥登临意，用祖逖统兵北伐、渡江击楫而誓的故实，充分显示出豪迈朗爽的胸襟气度。歇拍二句，承上"长驱"，进一步抒写必胜的乐观信念，全词也就在破竹之势中收笔。

题多景楼

刘　过

壮观东南二百州①，景于多处最多愁。

江流千古英雄泪，山掩诸公②富贵羞。

北府③只今唯有酒，中原在望莫登楼。

西风战舰成何事，只送年年使客④舟。

作者简介

刘过（1154—1206），字改之，号龙洲道人。吉州太和（今江西泰和）人。南宋文学家。长于庐陵（今江西吉安），卒于昆山（今属江苏），今其墓尚在。四次应举不中，流落江湖间，布衣终身。曾为陆游、辛弃疾所欣赏，亦与陈亮、岳珂友善。词风与辛弃疾相近，与刘克庄、刘辰翁享有"辛派三刘"之誉，又与刘仙伦合称为"庐陵二布衣"。有《龙洲集》《龙洲词》。

词语注释

① 二百州：宋朝国土号称四百州，二百州即半壁江山。

② 诸公：指南宋的高官们。

③ 北府：东晋建都于建康（今江苏南京），以京口为

北府。

④ 使客：指金国的使者。

这是一首慷慨悲壮的抒情诗。首联诗人巧妙地将楼名拆开重组，以抒发深沉的感慨，总领全篇。颔联写江中流的是壮志难酬的"英雄泪"，山里掩的是屈膝求和的"富贵羞"。颈联因"怀人"而借酒浇愁，因不忍北望中原大地而劝人"莫登楼"。尾联说江边的战舰不能用来迎击敌人，而在萧瑟秋风中迎送敌人的使节，景象凄凉，不由人悲从中来，到这里诗人对朝廷不思"兴复汉室，还于旧都"已失望至极。本诗作者是处处移情入景，时时借景抒情，真正做到了情景交融，了无痕迹。

京口喜雨楼^①落成呈史固叔^②侍郎

戴复古

京口画楼三百所，第一新楼名喜雨。

大鹏展翼到中天，化作檐楹不飞去。

一日登临天下奇，华灯照夜万琉璃。

上与星辰共罗列，下映十里莲花池。

泰山为曲海为酿，手挈五湖为瓮盎^③。

银槽香沸碧瑶春，歌舞当垆多丽人。

使君歌了人皆饮，更赏谷中花似锦。

五兵^④不用用酒兵，折冲樽俎^⑤边尘寝。

兹楼屹作东南美，孰识黄堂命名意。

特将此酒噢为霖，四海九州同一醉。

作者简介

戴复古（1167—约1248），字式之，号石屏。天台（今属浙江台州）人。南宋著名江湖派诗人。一生不仕，浪游江湖，后归家隐居卒于宋理宗年间。曾从陆游学诗，部分作品抒发爱国思想，反映人民疾苦，具有现实意义。其词风格豪放，接近"苏辛"。有《石屏诗集》《石屏词》。

① 喜雨楼：南宋嘉定年间，镇江知府史弥坚在城内千秋桥南建喜雨楼。因戴复古此诗有"京口画楼三百所，第一新楼名喜雨"句，故喜雨楼所在地后来就成了第一楼街。

② 史固叔：史弥坚，南宋政治军事人物，字固叔，号玉林、沧洲，谥忠宣，鄞县（今浙江宁波）人。

③ 瓮盎：陶制容器。

④ 五兵：泛指军队。

⑤ 折冲樽俎：指不用武力而在酒宴谈判中制敌取胜。

诗的前两句破题，说新楼建成，名喜雨楼，以京口画楼三百所映衬之，可见当时京口之繁华，更见此楼地位之突出。三至八句，正面写楼的高崇富丽，楼顶檐楹高挑，好像半空中张开翅膀的大鹏鸟。登临眺望，天下奇观尽收眼底，特别是京口的夜晚，灯火辉煌，飞丹流翠。楼直插云霄，与星辰相辉映，楼前更是十里荷花，美不胜收。九至十四句，写喜雨楼落成庆贺的场景，美酒佳肴，山珍海味，歌舞的、当垆的，都是粉黛佳丽，使君引吭高歌，大家开怀畅饮，并一起赏花。十五、十六句总结宴饮盛况，又能贴合史弥坚身份。最后四句，则点出楼名的寓意，期盼风调雨顺，普天之下安居乐业，同此一醉。

春日焦山观《瘗鹤铭》

吴　琚

昔爱山樵①书，今踏山樵路。
江边春事动，梅柳皆可赋。
荦确②石径微，白浪洒衣屦③。
临渊鱼龙惊，扪崖猿鸟惧。
古刻难细读，断缺苍藓护。
岁月岂易考，书法但增慕。
摩挲④复三叹，欲去还小住。
习气未扫除，齿发恨迟暮。
华亭⑤鹤自归，长江只东注。
寂寥千古意，落日起烟雾。

作者简介

　　吴琚（生卒年不详），字居父，号云壑，谥忠惠。汴梁（今河南开封）人。南宋书法家。主要活动于孝宗、光宗和宁宗三朝（1163—1224）。性寡嗜，师事陈傅良，工翰墨。历帅荆、襄、鄂三路，终镇安军节度使。北固山现"天下第一江山"碑刻原刻，即为吴琚所书。著有《云壑集》。

① 山樵：即樵夫。有以为此铭作者为"上皇山樵"，故云。
② 荤硞：怪石嶙峋貌。
③ 衣屦：衣服和鞋子，泛指衣着。
④ 摩挲：抚摸，抚弄。
⑤ 华亭：地名，又称华亭谷，在今上海松江区西。三国吴封陆逊为华亭侯于此。《瘗鹤铭》云："鹤寿不知其纪也，壬辰岁得于华亭，甲午岁化于朱方。"

作品赏析

　　这是书法家吴琚在一个春日去焦山踏寻《瘗鹤铭》所作的一首纪事诗。先写缘由：曾经非常喜爱焦山的书法碑刻，今天终于要踏寻观赏了，其激动之心情，跃然可见。在这种心情下，看江边一派春机，顿生为之吟咏的冲动。三、四两句，顺前面心情来写，又点名初春的时节。焦山在江中，摩崖石刻又在山的西崖，五到八句生动记述了踏寻的惊险经过。九到十六句，是观赏过程。作者在《瘗鹤铭》前，摩挲再三，感慨良久，久久不肯离去。觉得自己学书这么多年，在面对《瘗鹤铭》的时候，竟然发现原来一些不好的习气还没有消除掉，还有进境，只可惜自己已经沉沉老去。这是对其书法艺术无限仰慕的具体描写。最后四句说，这里的瘗鹤应该是独自回华亭去了，只留下长江滚滚东流，一种寂寥之感，不禁油然而生。这个时候，太阳快要落下去了，江面上又升腾起了烟雾，自己不得不回去了。反过来，照应开篇，以见作者观赏《瘗鹤铭》时间之久、思慕之切。

水调歌头·焦山

吴　潜

　　铁瓮①古形势，相对立金焦②。长江万里东注，晓吹③卷惊涛。天际孤云来去，水际孤帆上下，天共水相邀。远岫④忽明晦，好景画难描。　　混隋陈⑤，分宋魏⑥，战孙曹⑦。回头千载陈迹，痴绝⑧倚亭皋。惟有汀边鸥鹭，不管人间兴废，一抹⑨度青霄。安得身飞去，举手谢尘嚣⑩。

　　吴潜（1195—1262），字毅夫，号履斋。原籍宣州宁国（今属安徽），出生于浙江德清新市镇。秘阁修撰吴柔胜第四子，参知政事吴渊之弟。吴潜为南宋中晚期名臣，出任地方、朝廷要员时均颇有建树。其亦工词，词风近于辛弃疾，多抒发济时忧国的抱负与报国无门的悲愤。格调沉郁，感慨特深。著有《履斋遗集》，词集有《履斋诗余》。

　　① 铁瓮：镇江古名铁瓮城，三国孙权建城址在今北固山前峰。

② 金焦：金山和焦山。二山对峙，俱屹立大江中。

③ 晓吹：晨风。

④ 岫：峰峦。

⑤ 混隋陈：混：统一。这句说隋灭陈，南北统一。

⑥ 分宋魏：南朝刘宋与鲜卑族拓跋氏的魏对峙。

⑦ 孙：孙权。曹：曹操。

⑧ 痴绝：指回想历代史事时想得出神。

⑨ 一抹：形容轻微的痕迹。

⑩ 举手：分别时的动作。谢：告辞。尘嚣：指尘世。

作品赏析

本词上片，写登临焦山、远眺铁瓮城及金山所见胜景。开头两句，写大江惊涛，金山贴在天幕上，孤云、孤帆相向远去，阳光下的云影使远处群山时明时暗。下片抒怀，回忆历史时空，有合有分，这必然引发人生丁世道艰难之感喟。联系自己有志难酬，当感到正直难行于世时，出尘避世、隐遁而去之意便油然而生。全词写景、怀古、抒情，使人感到诗人的心声在倾诉，为神州不得一统而惆怅。

过金山

耶律楚材

金山前畔水西流[①]，一片晴山万里秋。
萝月团团上东嶂[②]，翠屏[③]高挂水晶球。

作者简介

耶律楚材（1190—1244），字晋卿，契丹族。博览群书，元世祖谓可委以军国大事之人。太宗时，官至中书令，元代立国规制多由其奠定。卒赠太师，追封广宁王，谥文正。

词语注释

① 水西流：东风吹水，恍若西流。
② 萝月：藤萝间的明月。东嶂：指金山的东峰。
③ 翠屏：青绿色的石壁有如屏风。

作品赏析

秋高气爽，万里无云。金山雄峙于扬子江中，奔腾的波涛环流四周。秋夜，金山藤萝间的明月升起到东面山峰上，好像绿色屏风上挂着的水晶球，光耀水域，一泻千里。这首诗清新隽雅，意境优美，给人如梦如幻、如诗如画之感。

第一泉

文天祥

扬子江心第一泉^①，南金来此铸文渊^②。
男儿斩却楼兰首，闲品茶经拜羽仙^③。

作者简介

文天祥（1236—1283），字宋瑞，一字履善，号文山。吉州庐陵（今江西吉安）人。宋理宗宝祐四年（1256）举进士第一。德祐二年（1276）任右丞相，受命使元营谈判，被扣留。后脱险返回真州，坚持抗元。祥兴元年（1278）在广东被俘，解送大都。被囚四年，元统治者利诱威逼，均遭严拒，终被刑于柴市。有《文山先生全集》。

词语注释

① 第一泉：唐刘伯刍谓水之宜茶者有七等，其中"扬子江南零水第一"，南零即今之中泠泉。

② 南金：南方出产的铜，后亦指贵重之物，并用来比喻南方的优秀人物。铸文渊：谓陶冶人才。

③ 羽仙：指茶仙陆羽，著有《茶经》三卷，是我国论茶最早的专著。

作品赏析

这首诗写扬子江中号称"天下第一泉"的中泠水，以抒发抗元报国的爱国情怀。诗中充满乐观主义精神。诗人期待抗元胜利以后，来此品茶论文，享受和平生活的乐趣。可惜壮志未酬，但浩气长存人间。

【正宫】黑漆弩①·游金山寺

王恽

苍波万顷孤岑矗②，是一片水面上天竺③。金鳌头④满咽三杯，吸尽江山浓绿。蛟龙虑恐下燃犀，风起浪翻如屋⑤。任夕阳归棹⑥纵横，待偿我平生不足⑦。

作者简介

王恽（1226—1304），字仲谋，别号秋涧，卫州汲县（今河南汲县）人。历任国史编修、翰林学士、河南北道提刑等职。为官刚正不阿，一生好学，著作宏富。元世祖忽必烈、裕宗皇太子真金和成宗皇帝铁木真三代的谏臣。有《秋涧先生大全文集》一百卷，其中《秋涧乐府》四卷。

词语注释

① 正宫：宫调名。宫调，相当于现代音乐的调式以标志曲调节奏的不同。黑漆弩：曲调名，属正宫。

② 岑：底小而高的山。孤岑矗：指独立突兀的金山耸峙在万顷碧波之中。

③ 天竺：古印度别称。因古印度是佛教发源地，故后人又用"天竺"来借指佛寺。

④ 金鳌头：金山的最高处为金鳌峰。这里是喻指金山峰巅如一巨大金龟之首。

⑤ "蛟龙"二句：意谓水中蛟龙恐怕有人燃起犀角照见自己奇形怪状，故而兴风作浪。《晋书·温峤传》云："（峤）至牛渚矶，水深不可测，世云其下多怪物，峤遂毁犀角而照之。"

⑥ 棹：船桨. 此处指船。

⑦ 平生不足：指平生未见的美景。

作品赏析

王恽出任福建按察使时，曾途经镇江登临金山，此曲即追赋游览情景之作。全曲虽分两片，却一气贯注；重在写景，但又寓情于景，抒发了作者为江山形胜所倾倒的豪情胜慨。开头两句，简笔传神，把山寺的环境特征和概貌景象勾勒出来。接着，先写居高临下的近景俯视，把山巅金鳌峰比作巨鳌之首，更夸张地说"吸尽江山浓绿"，突现金山的"浮玉"形象。尔后，用温峤燃犀照水怪的典故，给江上风浪平添了层神奇色彩。至此，一幅中流砥柱、威镇江风、力挽狂澜的岿伟景象，便浮雕般地突现出来，表现了作者怡情山水、追求逍遥自由的人生理想。

清明游鹤林寺①

萨都剌

青青杨柳啼乳鸦②，满山乱开红白花。
小桥流水过古寺，竹篱茅舍通人家。
潮声卷浪落松顶，骑鹤少年酒初醒。
若将何物赏清明，且伴山僧煮新茗。

作者简介

　　萨都剌（约 1272—?），字天锡，号直斋，先世为答失蛮氏。其祖父徙居河间，都剌生于雁门（今山西代县）。泰定四年（1327）登进士第，授镇江录事司达鲁花赤，历南台掾史、燕南廉访司照磨、河南河北道经历等职。为官清正，曾有发廪赈灾、救助难民、禁止巫蛊、移风易俗等政绩。博学能文，兼善楷书。他宦游多年，足迹遍及长城内外、大江南北，不少作品富于生活实感，描写细腻，贴切入微。诗作诸体皆备，文辞雄健，音律锵然，具有一种清朗寥廓之气。后人推崇萨都剌为"有元一代词人之冠"。著有《雁门集》。其《严陵钓台图》《梅雀》等画，现藏于北京故宫博物院。

① 鹤林寺：在今江苏镇江黄鹤山（一名黄鹄山）下，旧名竹林寺，南朝宋武帝永初年间改今名。

② 乳鸦：幼鸦。鸟兽初生者称"乳"。

这是一首七言八句的古体诗，作于泰定四年后作者任职于镇江时，主要写清明节到鹤林寺一路所见春景及相伴僧人煮茶赏春行动。前四句用平韵，重点描写游鹤林寺途中所见，设色清新，选景清幽。后四句换仄韵，重点写山中所感，"潮声卷浪落松顶"，写得很有气势。后面几句既是对此地风光之美的赞赏，更是从所游产生的远离红尘、赏此幽独的一种心理写照。

【双调】 折桂令①·过金山寺

赵禹珪

长江浩浩西来，水面云山，山上楼台。山水相辉，楼台相映，天与安排。　　诗句就②云山动色，酒杯倾天地忘怀。醉眼睁开，遥望蓬莱③。一半烟遮，一半云埋。

作者简介

赵禹珪（生卒年不详），字天锡。汴梁（今河南开封）人。1330—1332 年任镇江路总管府判官。有杂剧两种，今皆失传。《全元散曲》存其小令七首。

词语注释

① 双调：散曲宫调名。折桂令：曲牌名，用于剧曲、散曲套数和小令。

② 就：写成。

③ 蓬莱：海上仙山之一，代指金山。

作品赏析

这首词写位于扬子江心的金山寺山水相照成趣、楼台掩映如天工造就的美景，以及作者诗酒流连的审美豪情。长江浩渺，楼台倒映，辽阔明丽，激起了诗人的诗情酒兴，忘怀一切，可是当他睁开醉眼时，却已烟云渺茫，好景不长了。细细品读，在自然景色的描绘之中隐隐透露了诗人对现实的迷惘心情。《中原音韵》作者周德清说"此词称赏者众"，可见其在当时就获得好评。

鹧鸪天^①·鹤林寺

李齐贤

夹道修篁^②接断山，小桥流水走平田。云间无处寻黄鹂^③，雪里何人看杜鹃^④。　　夸富贵，慕神仙，到头还是梦悠然。僧窗半日闲中味，只有诗人得密传^⑤。

作者简介

李齐贤（1288—1367），字仲思，号益斋、栎翁，谥号文忠公。朝鲜古代"三大诗人"之一。不但是高丽时期卓越的诗人，也是朝鲜文学史上优秀的词作家，还是朝鲜古代民歌整理者、翻译家。著作有《益斋乱稿》《栎翁稗说》《益斋长短句》等。

词语注释

① 鹧鸪天：词牌名，又名"思佳客""思越人""醉梅花""半死梧""剪朝霞"等。

② 修篁：茂密的竹子。

③ 黄鹂：指相邻招隐山的听鹂山房。

④ 杜鹃：这里指鹤林寺名花杜鹃花。元代建有杜鹃楼，后

毁，今亦重修。

⑤“僧窗”两句：从唐李涉诗“因过竹院逢僧话，又得浮生半日闲”化出。

作品赏析

这首词写鹤林寺，竹林中的小路延伸到小桥流水的田园，只听鹏鸣，不见鸟影，远处的雪地中，好像有人在寻赏早春的杜鹃花。在这清幽的境界中，作者联想到：山外有人忙碌求神求财，却早逝夭折；只有居住南山的僧人，他们在天然的环境中，悠然有节奏地生活，修身养性，知足常乐，益寿延年。此词写景抒情，隐寓“寿比南山”真谛及深刻的哲理。

多景楼

杨维桢

极目心情独倚楼，荻花枫叶①满江秋。

地雄吴楚东南会，水接荆扬②上下游。

铁瓮百年春雨梦，铜驼③万里夕阳愁。

西风历历④来征雁，又带边声⑤过石头。

作者简介

杨维桢（1296—1370），字廉夫，号铁崖。诸暨（今属浙江）人。元泰定四年（1327）进士，入明，应征修篡礼乐，叙例略定，即乞归。其诗名擅一时，号为"铁崖体"，古乐府尤号名家。有《东维子集》三十卷、《铁崖古乐府》十卷等。

词语注释

① 荻花枫叶：指秋色。

② 荆扬：荆州、扬州，泛指长江中下游地区。

③ 铜驼：铜铸的骆驼，多置宫门前。旧时以"铜驼荆棘"指山河残破、世族败落或人事哀颓。

④ 历历：分明可数。

⑤ 边声：边地的声音。

　　杨维桢的古乐府诗在体格上有所创造、变化，竹枝词也写得婉丽动人，乃至被人视为唐刘禹锡后第一人。他不主张写律诗，推崇和学习李贺的古乐府，但反对模拟，实际上是对元以来的学唐风气中的一种模拟倾向的反思和批评。这首七律是他作品的"变格"，笔触浑厚，在学唐外，有所创造。作者秋天登多景楼，由镇江是地形险要的水陆重镇想到孙吴历史及元末社会、边疆情景，忧心如焚，感慨苍凉。首联写登楼所见，秋意萧瑟。而以"极目心情"四字出之，便见无限感慨。颔联写镇江形势，为吴楚要津，是连接长江上下游水路的交通要道。颈联追念历史，借北固山的六朝遗迹言担心元末社会动乱。尾联回到现实，说西北的大雁带着令人关切的边地信息到南方来了，与开篇"极目心情"正相呼应。全诗章法井然有序，颔联不失为描写镇江多景楼形胜的名句。

甘露寺

高　启

胜地江山壮，名林①岁月遥②。
刹③藏京口树，钟送海门潮。
月黑龙光④发⑤，天清蜃气⑥消。
何当寻很石，闲坐话前朝。

作者简介

高启（1336—1374），字季迪，自号青丘子。长洲（今江苏苏州）人。明初著名诗人。明初受诏入朝修《元史》，授翰林院编修。洪武三年（1370）明太祖委任他为户部右侍郎，他固辞不赴，返青丘授徒自给。后被明太祖借苏州知府魏观一案腰斩于南京。与杨基、张羽、徐贲合称"吴中四杰"。其诗雄健有力，富有才情，开始改变元末以来缛丽的诗风。有《高太史大全集》。

词语注释

① 名林：佛教大寺庙称丛林，这里指名刹甘露寺。
② 岁月遥：历史悠久。

③刹：梵文音译，原指佛塔顶部的装饰，即相轮；也指寺前幡杆，因以称佛寺为刹。

④龙光：指"龙光瑞像"，古天竺佛像名。后秦弘始三年（401），姚兴携此像入长安。晋末义熙十三年（417），刘裕破后秦入长安，躬迎此像还于江左，止龙光寺。

⑤发，起程。

⑥蜃气：传说蜃吐出的气，能幻成蜃楼。此借指甘露寺江上雾气。

作品赏析

高启为诗多于发端即有一种开阔宏大的气势：或以宏阔的视野俯瞰山水形胜，产生尺寸千里的声势；或思接千古，以超迈的胸襟评古论今，营造瞬息千载的艺术美感。作者游甘露寺从地势、历史及景色写到思古幽情，别有风味。高启的诗歌在继承前人的基础上，采众人之长，熔铸以古雅、雄健、清新、俊逸为主导的风格。高启擅长写景，善于把自然景物的动静形象化地凝聚于诗句中，启发读者联想。这首诗就是个例子，尤其是中间两联。

金山妙高台①

王守仁

金山一点大如拳，打破维扬②水底天。
醉倚妙高台上月，玉箫吹彻洞龙眠③。

作者简介

王守仁（1472—1529），幼名云，字伯安，别号阳明。余姚（今属浙江）人。明代著名思想家、哲学家、书法家、军事家、教育家。早年因反对宦官刘瑾，被贬贵阳龙场驿丞。正德十四年（1519），平宁王朱宸濠反叛，后封为新建伯，官至南京兵部尚书。他著文反对"程朱学说"，提出以人的"心"为中心的"致良知"的学说，要求以这种反求内心的修养方法，达到万物一体"的境地。其学说由其后人辑为《王文成公全书》。因他曾在故乡阳明洞中筑屋讲学，世称"阳明先生"，是明代心学集大成者。

词语注释

① 妙高台：北宋名僧佛印在金山寺伽蓝殿后凿崖建成的高台，今存台址。

② 维扬：指江对岸的扬州。

③ 洞龙眠：水底洞穴内蛟龙安眠。

作品赏析

　　此诗为作者十一岁时随祖父往京师过金山寺所作。前两句比喻奇特生动，富有童趣。后两句则显得雄健高华，志向不凡。其人为一代大家，天资不凡，志向远大，从这首描写金山的小诗中，似已见端倪。

金山寺吉公房小酌

沈　周

常惜^①忙未到，到来方悟闲。

过江如隔世，入寺不知山。

风气^②薄^③诗骨^④，夕阳浮醉颜。

古人夸一宿，三宿我才还。

作者简介

　　沈周（1427—1509），字启南，号石田，晚号白石翁。长洲（今江苏苏州）人。一生不仕，淡泊功名，博览勤学。工山水画，与文徵明、唐寅、仇英并称为"吴门四大家"，画名最大，是吴门画派领袖。著有《石田集》《石田诗钞》《石田杂记》等。

词语注释

　　① 惜：推辞、推拒，常常指辞。

　　② 风气：气氛，情景。

　　③ 薄：逼近。

　　④ 诗骨：诗的风骨，即作品刚健遒劲的格调。

作品赏析

　　作者忙中抽空战胜风波游览以"寺裹山"著称的金山寺，起首两句借用"偷得浮生半日闲"之意，是惯用手法，并非实事。"入寺不知山"，自然将名句道出，名不虚传，果然流连忘返。全诗风骨独特，让人玩味不尽。首联用拗句与拗救，似不工而实甚工，也体现了作者深厚的文学艺术修养。

重游焦山

杨一清

洞口^①孤云面面生，百年身世坐来^②清。
一船月色金山寺，十里烟光铁瓮城。
江阁雨余秋水阔，海门风定暮潮平。
青衫^③潦倒虚名在，耻向沙鸥问旧盟。

作者简介

　　杨一清（1454—1530），字应宁，号邃庵。原籍安宁（今属云南），幼年随父居巴陵（今湖南岳阳）。明成化八年（1472）进士，授中书舍人。父死后葬在丹徒，从此定居，故宅遗址在今镇江中山东路钱家山。弘治十五年（1502），擢左副都御史，督理陕西马政。武宗即位后，总制三镇（延绥、宁夏、甘肃）军务，进左都御史。为刘瑾诬陷而下狱，因李东阳等救免。刘瑾伏诛，杨一清立大功，官居吏部尚书兼武英殿大学士。后为人攻讦而辞官回镇江闲住。世宗即位后，杨一清重新入都为相，后被人攻讦去职，发背疽而亡，追谥文襄。著作有《石淙诗稿》等。

①洞口：三诏洞口。

②坐来：本来。

③青衫：唐制，八品、九品文官的服色。后指失意的官员。

作品赏析

　　作者于焦山三诏洞口仰望天际白云飘荡，不禁回想往事，自觉清白纯洁，无愧先贤。颔联运用互文，写出无论是朦胧月色下的夜晚，还是天高云淡的白天，焦山、金山、铁瓮城共同构成了雄伟的镇江历史文化名城。颈联写眼前景象，秋雨洒洗了江中亭阁，山下水面更加宽阔，傍晚风停，东面通海处的潮水舒缓平展。尾联诗人又一次审视自己，作为致仕官员，颇感穷困失意，在这空旷静寂的境界中，自然想起上次与鸥鸟相约的盟言，因为延误而自愧，这就点出"重游"题意。

春日与乔白岩①游金山

唐 寅

山崎清江万里深，上公乘兴命登临。

凭阑指顾分吴楚，满眼风波自古今。

春日客途悲白发，祇园②兵燹③废黄金。

日斜未放沧浪渡④，饱酌中泠洗宿心⑤。

作者简介

  唐寅（1470—1523），字伯虎、子畏，号六如居士、桃花庵主、逃禅仙吏等。吴县（今江苏苏州）人。弘治十一年（1498），考中应天府第一名解元。会试时受科场舞弊案株连下狱，被取消名籍，从此绝望仕途，遍游江南名山大川，回乡后专致书画、诗文。他以卖画为生，流连声色诗酒，自刻"江南第一风流才子"印。他画路宽，山水、人物、花鸟全能，画风多样，富于变化。又学沈周，与文徵明并称沈周门生。他广泛学习宋元诸家，并融会贯通，自成一家。其纪游、题画诗也颇多佳构。他绘画成就影响很大，后人将他与文徵明、沈周、仇英合称"明四家"。著有《六如居士全集》。

① 乔白岩：乔宇，字希大，号白岩山人。乐平（今属山西）人。历任礼部主事、南京兵部尚书、吏部尚书等。著有《乔庄简公集》。

② 祇园：释迦牟尼在舍卫国居住、说法的场所，古印度佛教圣地之一，后泛指寺院。

③ 兵燹：兵火。

④ 沧浪渡：指金山渡口。

⑤ 宿心：本来的心意，向来的心愿。

作品赏析

乔白岩是明代名臣，位高权重。作者陪游金山，首联写出此游所兴。颔联上句凭栏指顾，见游时情状，而对句"满眼风波"已颇见感慨。颈联感慨个人悲欢与金山兴亡。尾联写留山品泉，而兼明此心志。唐寅诗歌，前期是人生顺遂之时，诗歌秾丽璀璨，注重辞藻修饰，语律工整，带有浓重的六朝遗风；这个时期诗中多用铺陈手法，情感细腻，用字用词的画面感很强，语境犹画境。

焦山

文徵明

松寥阁①外水潺潺，流尽年光是此间。
一曲梅花②来白鹤，几时骑上碧云山③？

作者简介

文徵明（1470—1559），原名壁，字徵明，以字行，更字徵仲。因先世衡山人，故号衡山居士，世称"文衡山"。长洲（今江苏苏州）人。明代画家、书法家、文学家。曾官翰林待诏。世宗立，预修《武宗实录》。致仕归。诗宗白居易、苏轼。文受业于吴宽，学书于李应祯，学画于沈周。在诗文上，与祝允明、唐寅、徐祯卿并称"吴中四才子"；在画史上与沈周、唐寅、仇英合称"明四家"。著有《怀星堂集》。

词语注释

① 松寥阁：在焦山下，明万历（1573—1619）年间僧明湛建，1937年12月被侵华日军纵火焚毁，后重建。

② 梅花：梅花落，曲名。

③ 碧云山：天边的山。

　　作者坐在焦山松寥阁内，听着潺潺江水从身边流过，不禁感叹时光似水。那一曲梅花，或是作者所弹，或是听人所弹，抑或只是这江流声中梦幻而出，似都不重要。重要的是这乐声太美了，引来了白鹤，随之翩翩而舞，而作者竟然骑着白鹤飞腾而去，到碧云山里成了仙人。全诗体现了诗人意趣雅致飘逸为美的追求。

句曲①

吴承恩

紫云朵朵象夫容②，直上青天度远峰。
知是茅君骑虎③过，石坛风压万株松。

作者简介

吴承恩（约 1510—约 1582），字汝忠，号射阳山人。山阳（今江苏淮安）人。幼好神话故事，嘉靖间补贡生，晚年任长兴（今属浙江湖州）县丞。因不满官场的黑暗，愤而辞官，笃意著述。在《大唐西域记》《大唐慈恩寺三藏法师传》等作品的基础上，以唐代玄奘和尚赴西天取经的经历为蓝本，经过整理、构思最终写定我国四大名著之一《西游记》。

词语注释

① 句曲：茅山，在今镇江句容。茅山初名句曲。山形如已，故以句曲名，又名已山。西汉茅氏兄弟三人自咸阳来，得道于此，遂名茅山。

② 夫容：芙蓉。

③ 茅君骑虎：《太平广记》卷一三引《神仙传》：茅君与

父母亲族辞别，登上羽盖车走了。麾幡蔽日，虬虎驾车，飞禽走兽，天空盘旋，流云彩霞，萦绕左右。

作品赏析

　　吴承恩于南京生活学习过十多年，吴氏文集中有《赠李石麓太史》《德寿齐荣颂》等多处提到华阳洞洞天。诗人仰望青天，朵朵紫云向远处山峰飘去，触景生情，想象是茅氏兄弟骑虎经过，各祭坛旁万株青松均被虎带来的风压低。云、天、石、风等事物的描绘，使人有种飘然浮起、身临其境的感觉。他用潇洒不羁的语言书写奔放的豪情，用丰富的想象描摹生活小景，以奇幻的神话故事讽喻现实。

望焦山

王世贞

石斗东溟起，云含①北固青。

江山分气概，风雨走精灵。

处士轻龙诏②，仙岩秘鹤铭。

由来元圃③路，少许俗人经。

作者简介

　　王世贞（1526—1590），字元美，号凤洲，又称弇州山人。江苏太仓人。明代文学家、史学家。嘉靖进士，万历时官至南京刑部尚书。文学上，与李攀龙齐名，同为重要文学流派"后七子"之首，倡导复古摹拟，主张"文必秦汉、诗必盛唐"，主持文坛二十余年。有《弇州山人四部稿》等。

词语注释

　　① 含：含盖、笼罩覆盖。

　　② 处士：有才德而隐居不仕的人。龙诏：皇帝的诏书。

　　③ 元圃：即玄圃，传说中昆仑山顶仙人的居处。《水经注·河水》："昆仑之山三极……二曰玄圃。"

　　本诗前半首写自然景象，俯视焦山周边礁石突起，同东海涌进的波涛相互激烈碰撞；仰视焦山上空云层铺展，一直笼罩覆盖着西南岸边青色的北固山。大江和山峦分别体现着大自然的气势和力量。急风密雨中仿佛有精灵在走动，这就更增加了神秘色彩。下半首着重写人文遗迹，焦光高风亮节，轻视并且拒绝所谓真龙天子的诏书。人迹罕至的山岩间深藏着书法珍品《瘗鹤铭》的碑刻。焦山有如昆仑山上仙人居住的玄圃，它的道路很少允许世俗人们经过。诗人远望焦山，强调它超凡出俗、与世隔绝，这未必恰当，但多角度地表现焦山的险怪奇特，笔力矫健，艺术上颇有特色。

过招隐寺

笪重光

回环①萝蹬②隐危楼，三十年前忆旧游。
精舍③已随僧腊④改，清泉犹为客心留。
南村烟树重重出，北郭春潮渺渺⑤流。
闲叩寺门增怅惘，青山应笑野人⑥头。

作者简介

　　笪重光（1623—1692），字在辛，号江上外史，隐居茅山后，改名蟾光，号郁冈真隐、扫叶道人，世称郁冈居士、江上先生等。句容人，祖辈迁居镇江，住今第一楼街位置。顺治九年（1652）进士，由刑部郎擢监察御史。为官敢直言，因弹劾权臣弃官归里。工书画，精鉴赏。诗风清刚隽秀。擅画山水兰竹。著有诗文集《江上诗集》，以及书画理论著作《书筏》《画筌》等。

词语注释

　　① 回环：回转盘绕。
　　② 萝蹬：女萝之类攀藤植物附着于石阶。

③ 精舍：僧、道修炼居住之地，这里指竹林精舍。

④ 僧腊：僧人受戒后的年岁。

⑤ 渺渺：无边无际的样子。

⑥ 野人：居于郊野之人，这里是作者自指。

作品赏析

镇江招隐寺在唐宋以前颇为兴盛，到明清时期便逐渐衰败。此诗记述诗人三十年后重过招隐寺的所见，物是人非，不免一声叹息。首句已见荒凉，次句倒插进来，点明是三十年后故地重游。三、四句写到寺里僧舍已改，清泉仍在，物是人非。五、六句为登临所见，烟树春潮，令人流连，亦让人惆怅不已。七、八两句，明知叩门无应，而仍叩之，并用"青山笑我已白头"作尾，平添无限感慨。

过故靳相公^①宅

冷士嵋

昔日城南韦杜^②家，而今寂寞付啼鸦。
断垣荒壁斜阳里，落尽前朝一树花。

作者简介

　　冷士嵋（1626—1711），字又湄，号秋江。丹徒人。明诸生，入清绝意仕进，以授徒自给。于国变时，其兄之曦举义旗抗清，兵败被执，不屈而死。士嵋痛亡，遂服古衣冠而隐，以后终身素服，以表其不变之节。平生笃于友谊，与魏禧、魏礼、宗之豫等为至交。晚岁益贫，寄居焦山僧舍，终生不入城市。大学士张玉书过访，不报谒，及还朝招之，亦不往。冷士嵋的拟古诗歌，魏禧评曰："朴而不雕，淡而弥远。"《四库全书总目》评曰："刻意学杜，多为激壮之音。"著有《江泠阁集》。

词语注释

　　① 靳相公：靳贵（1464—1520），字充道，号戒庵，谥文僖，丹徒（今江苏镇江）人。少年时先后从著名学者丁元吉、

杨一清受学。明弘治三年（1490）进士，授翰林院编修，为皇帝讲书，主持科举考试。正德九年（1514）任文渊阁大学士，参与国家大政。对武宗的嬉游无度，靳贵多次上书力谏。正德十二年（1517）乞休回家，住南门靳家巷。著有《戒庵文集》。

②韦杜：唐时长安城南韦氏、杜氏累世贵族，时称"韦杜"。此代靳贵家。

作品赏析

作者寻访前朝阁老靳贵故居，首句以"韦杜家"比之，以见昔日之繁盛。次句以"付啼鸦"写之，以见今日之萧条。第三句承第二句，写故宅只剩断垣残壁。结句以古树落英之景作结，既是补足三句之所见，更有不胜沧桑之感。

山花子^①·寄程昆仑^②京口

王士禛

黄鹤山^③前黄鹤鸣，杜鹃楼^④外杜鹃声。记得戴公^⑤招隐地，共经行。　北固云烟春望远，南徐风雨暮潮生。一片澄江如练影^⑥，接芜城^⑦。

作者简介

王士禛（1634—1711），字子真，又字贻上，号阮亭，晚号渔洋山人。新城（今山东桓台）人。顺治十五年（1658）进士，授扬州府推官。康熙朝历任礼部主事、户部郎中、翰林院侍讲、刑部尚书。康熙四十三年（1704）罢官归里。乾隆间追谥文简。少年时为当时诗坛领袖钱谦益称赞。论诗创神韵说，主张淡远自然、清新蕴藉的诗风，其影响相当深远。著有《阮亭诗钞》《带经堂全集》《渔洋山人精华录》《渔洋诗话》《池北偶谈》《居易录》《香祖笔记》等。

词语注释

① 山花子：词牌名，又名"摊破浣溪沙"或"添字浣溪沙"。

② 程昆仑：名康庄，字坦如，号昆仑，武乡（今属山西武乡）人。崇祯八年（1635）拔贡，授镇江通判，判案公正，百姓称誉。

③ 黄鹤山：在镇江南郊。相传宋武帝刘裕未发迹时，在此山打柴，见黄鹤成群，时翔时集，故名黄鹤山，也称黄鹄山。

④ 杜鹃楼：据《鹤林志》，传唐贞元年间（785—804），有番僧在天台，用钵盂盛杜鹃花根，带到鹤林寺中种植。后因金华殷七道人有仙术，花于重九日开，名满天下。元延祐间（1314—1320），京口戈道恭将家中杜鹃移植于寺，并在花前建杜鹃楼。

⑤ 戴公：指戴颙。

⑥ "一片澄江"句：用谢朓《晚登三山还望京邑》诗"澄江静如练"句。练，白绢。

⑦ 芜城：指广陵，即今扬州市。

作品赏析

此词上片追忆和程昆仑游南山情景，下片写登北固楼眺望的情景，用"共经行"点出昔日行踪，由"接芜城"兼含一衣带水、思君不见君之意，表达怀友恋景感情。上片语调轻松愉快，下片写景浑莽迷离，既合所写之境，又能很好地烘托感情。王士禛所提倡的神韵说理论和诗歌创作是同步的，这首词在很大程度上体现了他早期的神韵说，即对"典""远""谐""则"四字纲领的准确运用。

北固

张玉书

古桧祠堂①久寂寥，净名遗筑②倚山椒。

槛前碑板留三国，树杪③江声咽六朝。

草覆大堤春试马④，雨余多景暮归樵。

可怜万井⑤炊烟里，鹅鹳⑥群声响丽谯⑦。

作者简介

　　张玉书（1642—1711），字素存，号润甫。丹徒（今江苏镇江）人。顺治十八年（1661）进士，为庶吉士。康熙三年（1664），授翰林院编修，累官文华殿大学士兼户部尚书、充《平定朔漠方略》总裁官。康熙四十九年（1710）以病乞归，康熙慰留。次年随康熙巡幸热河，病发，不久去世。赠太子太保，谥文贞。张玉书在朝为官五十年，为相二十多年，深得康熙倚重，世称京江相国。著《张文贞集》，主持编纂《平定朔漠方略》《佩文韵府》《康熙字典》等书传世。

词语注释

　　① 古桧祠堂：唐敬宗宝历二年（826），润州刺史李德裕

扩建甘露寺时，曾在寺旁手植两株松柏。北宋元祐间，润州知州林希在松柏处建李卫公祠。

② 净名遗筑：北宋米芾在北固山西南脚下建净名斋。

③ 树杪：树梢，代指山巅。

④ 春试马：传说东汉建安十四年（209）春，孙权和刘备曾在北固山跑马。

⑤ 万井：万户。

⑥ 鹅鹳：这里指古代军阵名。

⑦ 丽谯：亦作"丽樵"，华丽的高楼，此指更鼓楼。

作品赏析

作者首联写北固山上甘露寺等遗留建筑等眼前所见。颔联说三国故事还在门前石碑上留有记载，江声似在树外为六朝兴亡而悲咽，由所见所闻而生所感。颈联是眼前景，合当年事，情景交融，浑然一体。尾联回到现实，正面写登临感慨，引起历史兴废的沧桑之感。全诗由近及远，由所见而及所感，章法细腻，寄托深远，而又不着痕迹。

北固山怀古

余　京

北固嵯峨枕碧流，登临霸迹忆孙刘。

百年戎马①三分国②，千古江山一倚楼③。

铁瓮日沉残角④起，海门风静暮潮收。

故宫旧垒⑤知何处？野荻寒芦岁岁秋。

作者简介

　　余京（1664—1739），字文圻。丹徒（今江苏镇江）人。少好为诗。沈德潜游焦山，见其诗，遂与定交。魏荔彤亦爱其诗，重之。晚年，诗格益高，尤长近体。沈德潜尝称他与鲍皋、张曾为"京口三诗人"。著有《江干诗草》。

词语注释

　　① 戎马：指战争。

　　② 三分国：魏、蜀、吴三国分立。

　　③ "千古"句：诗人写已凭楼赏江山胜景。

　　④ 残角：远处隐约传来的警昏晓、振士气、肃军容的画角的声音。

⑤ 故宫旧垒：过去的宫殿与军垒。

作品赏析

诗人秋登北固，缅怀三国历史，总览眼前景物，感慨争雄已成陈迹，借助萧索寂寞的景象来映衬沉重的历史沧桑感。全诗诗眼为"倚"字。全篇贵在融入自己，却不流露痕迹，不喧宾夺主，可见诗人确实为怀古高手。沈德潜赞此诗"风格遒上，拔出众人"。

宿焦山

金　农

缥缈^①松寥山^②，积翠^③下无路。
风籁^④钟微茫^⑤，鹤迹云散聚。
如闻定^⑥中僧，禅窟^⑦劝小住。
牵月濯巾瓶，江光漾高树。

作者简介

　　金农（1687—1763），字寿门，号司农，又号吉金、冬心先生、稽留山民、曲江外史、昔耶居士等。钱塘（今杭州）人。布衣终身。晚寓扬州，卖书画自给。嗜奇好学，工于诗文书法，诗文古奥奇特，并精于鉴别。书法创扁笔书体，兼有楷、隶体势，时称"漆书"。五十三岁后才工画。其画造型奇古，善用淡墨干笔作花卉小品，尤工画梅。"扬州八怪"之一。著有《冬心诗集》《冬心杂著》等。

词语注释

　　① 缥缈：高远隐约貌。
　　② 松寥山：此代焦山。

③ 积翠：翠色重叠，含草木繁茂义。

④ 籁：原意为孔窍，引申为自然界声响。

⑤ 微茫：隐约轻细。

⑥ 定：僧人静坐敛心，不起杂念，使心定于一处，叫入定。

⑦ 禅窟：僧人聚集习禅之所。

作品赏析

本诗写寺僧留客宿焦山，作者在山上的见闻。风声和着钟声，时远时近；飞鹤伴随浮云，或聚或散。焦山真有此景，诗人也有心境，别样情怀，玩味不尽。

题焦山自然庵①墨竹

郑　燮

静室焦山十五家②，家家有竹有篱笆。
画来出纸飞腾上，欲向天边扫暮霞。

作者简介

郑燮（1693—1765），字克柔，号板桥。兴化（今属江苏）人。应科举为康熙秀才，雍正十年（1732）举人，乾隆元年（1736）进士。官山东范县（今山东莘县南古城，河南濮阳范县非为其地，仅存其名尔）、潍县（属今山东潍坊）知县，有政声。做官前后，均居扬州，以书画营生。著有《板桥全集》，手书刻之。卖画润格，传颂一时。其诗、书、画世称"三绝"，擅画兰、竹。"扬州八怪"之一。

词语注释

① 自然庵：在焦山寺的东面。

② 十五家：旧时僧人筑室于焦山之四周，有十多个小庵，十五是其约数。

郑燮到自然庵漫游画竹，题句表达自己将扫清暮霞、有所作为的心态。前两句写现实竹子，这是触发灵感的素材，接着写画中主干，强调延伸到画外的意中之竹、诗中之作。作者踌躇满志，洒脱而非做作，更非大言欺人，让人敬慕。

月华山①

鲍　皋

月华山上月，月月一回圆。
明月有今古，青山无岁年。
楼台名士地，风露美人天。
今夜凭栏者，谁家不惘然。

作者简介

　　鲍皋（1708—1765），字步江，号海门。丹徒（今江苏镇江）人，家在城内今第一楼街。国子生。乾隆初，举博学鸿词，不就。壮岁游苏杭，客淮阴、扬州间，晚年颓放。善画，以诗赋名。沈德潜称其与余京、张曾为"京口三诗人"。年轻时曾得到两淮盐运使尹会一之助。雍正时尹荐举鲍皋，鲍辞疾不赴。一生沉溺于诗，不事科举。其妻陈蕊珠，子之钟，三个女儿之兰、之蕙、之芬都能诗。有《海门集》《京口文献录》《笔耕录》《十美诗》等。今其后裔辑有《京口鲍氏名人诗词选集》《镇江鲍氏名人诗词合集》等。

词语注释

　　① 月华山：在镇江府治西南，山上建有万岁楼。

　　诗人由山名引起联想，想到世事沧桑、人事变迁，青山依旧，天下有情的名士、美人不一定俱成眷属，因而认为他们（含自己）会月下惆怅。昔日楼台、风露、名士、佳人，风流蕴藉，感慨古今，切入己身，唯有惆怅而已。

北固山循江滨访月波诗屋①

王文治

萧瑟②江干③路，新寒上客衣。
秋风牧马地，落日钓鱼矶④。
北固横青霭⑤，西津拥翠微⑥。
故人诗屋在，临水扣⑦柴扉。

作者简介

　　王文治（1730—1802），字禹卿，号梦楼。丹徒（今镇江）人。十二岁便吟诗作书，诗有唐人风范，书学笪重光、董其昌，兼法张即之、李邕。青年时期曾从使琉球。乾隆二十五年（1760）探花。官至翰林院侍读、云南姚安知府，罢归。乾隆六十年（1795）六十六岁时，将诗作编校成集，名《梦楼诗集》。

词语注释

　　① 月波诗屋：作者友人黄月波书斋名。
　　② 萧瑟：萧条瑟缩。
　　③ 江干：江边。

④ 钓鱼矶：钓鱼的坐石。北固山江滨有"钓鲈处"。

⑤ 青霭：青色云气。

⑥ 翠微：翠绿的山色。

⑦ 扣：敲。

作品赏析

循江滨寻访友人诗屋，边看景物，边作欣赏，及屋敲门而止，访是特点。全篇有唐诗风味。"牧马""钓鱼"一联虚实结合，令人激赏。

舟泊谏壁江口^①

王　豫

中流鼓枻发高歌^②，为恋松楸岁几过^③。

五世农桑洁雨露，半生阅历慎风波^④。

大江月落鱼龙静，极浦霜寒鸿雁多。

安得筑庐守邱墓^⑤，不辞种秫^⑥老岩阿。

作者简介

　　王豫（1768—1826），活动于清嘉庆、道光年间，字应和，号柳村。丹徒人。工于诗，诗风清淡，集名《种竹轩诗钞》。先后辑印《群雅集》《群雅二集》《江苏诗征》《京江耆旧集》《于喁集选》等，保存了许多湮没不传的诗人姓名和作品。《京江耆旧集》是他和张学仁合选的，与张学仁合刻的有《京江七子诗钞》，自己的作品有《蕉窗日记》，其中著名诗句有"成德每在困穷，败身多因得志""才不称，不可居其位；职不称，不可食其禄"等。

词语注释

　　① 谏壁：在镇江旧城东三十里，滨临长江，称谏壁港。今

为谏壁镇。

②鼓枻：蔽船舷，犹言击楫，用以行船也。《楚辞·渔父》："渔父莞尔而笑，鼓枻而去。"

③松楸：墓地所植树木，用为墓地、祖坟的代名词。

④阅历：犹言经历。

⑤邱墓：坟墓。此指先人坟墓。

⑥秫：高粱，可以酿酒。

作品赏析

此诗乃王豫经世事沧桑，在谏壁江口抒怀之作。他淡泊名利，一生布衣，不慕荣利，以诗为命。他始终关注民生，曾接济过许多贫困的灾民，是一位关心民情、有济世思想和言行的儒家知识分子。此诗表达了作者自己的心中大志，以为民谋福祉为己任，有忧国忧天下的情怀。

京口竹枝词①·梦溪园②

戴守梧

溪水潺潺入郑湖③，花如覆锦满平芜④。

梦中山水萦情处⑤，沈括风流绝世无。

作者简介

戴守梧（生卒年不详），约清嘉庆道光年间在世。字桐孙，改名彦升，字桐生。丹徒人。邑廪生，资敏学博，自经学及诗词，靡不深究。年十五六即著《禹贡注》三十余万言。年二十五卒于厚丘（今江苏沭阳）旅次。著有《陈箧集》。

词语注释

① 竹枝词：本为巴渝（今重庆一带）一带民歌，后来成为一种专门吟咏本地风土人情的绝句诗体。

② 梦溪园：在今镇江，沈括退隐园林，在此著述《梦溪笔谈》。

③ 郑湖：在城南三十五里，为梦溪流入处，已湮。

④ "花如覆锦"句：用沈括原话意，梦溪园中原有百花堆。

⑤"梦中"句：沈括自述曾梦见一地，非常喜欢，后在京口得地，恍若梦中所游之地，因名梦溪。

作品赏析

竹枝词是文人写景和抒发情怀的一种常见方式。此作紧扣沈括、梦溪来写景抒情，被推为典雅之作，把到园林寻幽的观感生动地描写出来，读后使人感到余味无穷。

光风霁月亭①

应 让

日精对月华②，儒风振贤路③。
学人登此亭④，悠然见尼父⑤。

作者简介

应让（1764—1822），原名谦，字地山，号退庵。丹徒人。书法有名，为"京江七子"之一。幕游数十年，卒于扬州。

词语注释

① 光风霁月：指雨过天晴时的明净景象，亦以喻人品高洁、胸襟开阔。用作亭名，是为了纪念周敦颐。此亭原在鹤林寺，后迁府学，即本诗所咏之亭。

② 日精：日精山（在今镇江东部战区总医院镇江医疗区），明清时镇江府学所在地，与月华山东西相望。

③ 儒风：儒家的传统、风尚。振：规范、推动。贤路：成为贤才的道路。

④ 学人：学子。

⑤ 悠然：思绪深远貌。尼父：孔子的尊称。孔子字仲尼，故称。

作品赏析

日精山及周边旧时为府学所在地，诗人游历光风霁月亭后，作下此诗，以勉励众多学子不忘初心，振兴儒道。光风霁月亭，旧在鹤林寺周濂溪祠前，明郡守张岩重建于日精山上，是杨一清记取黄庭坚称濂溪周先生语而名之。光风霁月亭碑有二，由沈固、杨一清撰。雍正年间，邑令杨兆鹤捐廉重建光风霁月亭于日精山，植梅桃数百株。咸丰年间毁于寇，同治十一年（1872）重修。

己亥杂诗（其一百二十五）

龚自珍

九州生气恃风雷^①，万马齐喑^②究可哀。

我劝天公重抖擞^③，不拘一格降人才。

作者简介

龚自珍（1792—1841），一名巩祚，字璱人，号定盦。仁和（今浙江杭州）人，卒于丹阳云阳书院。清思想家、文学家。他的诗文主张"更法""改图"，揭露清统治者的腐朽，洋溢着爱国热情，被柳亚子誉为"三百年来第一流"。著有《定盦文集》，留存文章三百余篇，诗词近八百首，今人辑为《龚自珍全集》。著名诗作《己亥杂诗》共三一五首，多咏怀和讽喻之作。

词语注释

① "九州"句：九州指中国大地。恃，依靠，凭借。

② 喑：哑。

③ 抖擞：振作精神。

作者诗末附有自注："过镇江，见赛玉皇及风神、雷神者，祷词万数。道士乞撰青词。"所谓赛神会，是为祈雨而举行的民间盛大、隆重而热烈的祭神活动；青词是用朱笔写在青藤纸上供斋醮仪式献给"天神"的奏章表文。这首诗用双关语意批评眼前沉闷局面，希望皇帝振作精神，用优秀人才救国。道光十九年己亥（1839），诗人逃离北京，一路行于张皇中，得此佳构名篇。此时正处于鸦片战争前夕，此诗议论抒情融为一体，是一首政治诗，是那新旧交替时代渴望变革、要求变革的最强音，具有思想启蒙的积极作用。

焦山《瘗鹤铭》

柳诒徵

枯木堂①前春雨足，宝墨亭边春草绿。

搜奇选胜来焦岩，华阳真逸②铭堪录。

真逸由来隐姓名，莫将字体辨分明。

沧州好事出诸水，小儒聚讼空纷争。

体道笔劲形模古，潮打雷轰字莫补。

鹤寿不知其几年③，华表④空思飞皓羽。

隐居顾况漫传疑，山樵姓字伊谁知⑤！

来禽莫便共题品，汉鼎雅堪同护持。

摩挲片碣重三叹，是王是陶难妄断⑥。

君不见诸葛铜鼓属伏波⑦，古来陈迹堪疑多。

作者简介

柳诒徵（1880—1956），字翼谋，晚号劬堂、知非。镇江人。十七岁考中秀才，后就读于南京三江师范学堂。毕业后任教江南中等商业学堂、江南高等学堂、两江师范学堂、北京明德大学、东南大学。1914年2月，应聘南京高等师范学校国文、历史教授；1927年，任江苏省立国学图书馆馆长。1929年，任教于中央大学，并曾任南京图书馆馆长。抗战期间任教于重庆中央大学，兼任国史馆纂修。新中国成立后，任上海市文物管理委员会委员。曾主编《江苏省立国学图书馆图书总目》《江苏省立国学图书馆现存书目》《盫山书影》《焦山书藏书目》，著有《中国文化史》《国史要义》等。

词语注释

① 枯木堂：僧人参禅打坐处，因如枯木寂然不动，故称。

② 华阳真逸：《瘗鹤铭》的作者署名。"潮打雷轰"以此概写铭文受破坏的诸条件。《瘗鹤铭》原在焦山雷轰崖。

③ "鹤寿"句：为铭文首句"鹤寿不知其纪也"。

④ 华表：古代设在桥梁、宫殿、城垣或陵墓等前面作为标志和装饰用的大柱，柱身往往刻有花纹。

⑤ "隐居"二句：列举陶弘景（华阳隐居）、顾况及上皇山樵三位可能书者。

⑥ "是王"句：更举山最有名的可能书者王羲之。

⑦ 诸葛铜鼓属伏波：焦山之宝有《瘗鹤铭》、铜鼓、《道德经》幢、定陶鼎，也称焦岩四宝。铜鼓，"或云诸葛忠武遗物，或云马伏波征蛮时所留也"。

作品赏析

作者对《瘗鹤铭》书者字体从内容进行扫描，只谈护持，不作妄断。他的诗歌具有儒家诗学"温柔敦厚""哀而不伤，怨而不怒"的精神品格，蕴含"雄浑圆健，充实光辉"的艺术风貌，呈现出自乾嘉学派以来诗坛所形成的"学人之诗"的审美特征。

水调歌头·米襄阳书多景楼诗册次陆放翁韵

吴湖帆

铁瓮城边路，灯火望扬州。大江襟带^①多景，尽揽起琼楼。四顾湖山如画，三国英雄安在，杯酒笑曹刘。一枕华胥^②梦，尘土即貔貅^③。　襄阳笔，剑川跋^④，几经秋。龙蛇飞舞^⑤，掀动墨海六鳌^⑥愁。丞相东窗余事，良将干城^⑦重寄，奇物共争收。待访宝章录^⑧，千载足风流。

作者简介

吴湖帆（1894—1968），初名翼燕，又名倩、倩庵，东庄，别署丑簃。江苏苏州人。斋名梅景书屋。清代书画家吴大澂之孙。20世纪中国画坛重要画家。年轻时拜陆廉夫学画，赴上海后创办书画事务所、正社书画会。1939年设"梅景书屋"招生授徒。以后军阀混战，避乱迁沪，卖画为生。新中国成立后任上海中国画院筹备委员、画师，上海大学美术学院副教授，中国美术家协会上海分会副主席、上海市文史馆馆员、上海市文物保管委员会委员。收藏宏富，善鉴别。山水从"四王"、董其昌，上溯宋元各家，冲破南北宗壁障，以"雅腴灵秀、缜丽清逸"的复合画风独树一帜，尤以熔水墨烘染与青绿设色于

水调歌头·米襄阳书多景楼诗册次陆放翁韵

吴湖帆

铁瓮城边路，灯火望扬州。大江襟带[①]多景，尽揽起琼楼。四顾湖山如画，三国英雄安在，杯酒笑曹刘。一枕华胥[②]梦，尘土即貔貅[③]。　襄阳笔，剑川跋[④]，几经秋。龙蛇飞舞[⑤]，掀动墨海六鳌[⑥]愁。丞相东窗余事，良将干城[⑦]重寄，奇物共争收。待访宝章录[⑧]，千载足风流。

作者简介

吴湖帆（1894—1968），初名翼燕，又名倩、倩庵，东庄，别署丑簃。江苏苏州人。斋名梅景书屋。清代书画家吴大澂之孙。20世纪中国画坛重要画家。年轻时拜陆廉夫学画，赴上海后创办书画事务所、正社书画会。1939年设"梅景书屋"招生授徒。以后军阀混战，避乱迁沪，卖画为生。新中国成立后任上海中国画院筹备委员、画师，上海大学美术学院副教授，中国美术家协会上海分会副主席、上海市文史馆馆员、上海市文物保管委员会委员。收藏宏富，善鉴别。山水从"四王"、董其昌，上溯宋元各家，冲破南北宗壁障，以"雅腴灵秀、缜丽清逸"的复合画风独树一帜，尤以熔水墨烘染与青绿设色于

一炉并多烟云者最具代表性，并工写竹、兰、荷花。其代表作有《峒关蒲雪图》《庐山小景》《写米芾诗意》《芙蓉映初日》《荷花等。吴湖帆为上海百年来最具影响力的文化名人之一，擅长诗词，每得佳句，辄喜题诸画幅，诗画双美。新中国成立后与当代诗词家结"午社"，切磋填词。著有《联珠集》《佞宋词痕》。

词语注释

① 襟带：比喻地势回互萦带。

② 华胥：传说中的国名，黄帝昼寝梦游此国，故成为梦境代称。

③ 貔貅：原为古籍中的猛兽名，后用于比喻勇猛的军士。

④ 剑川跋：指此墨宝中"剑川何执中跋"。何执中，宋处州龙泉（今属浙江）人，北宋宣和三年（1121），诏天下县镇凡有龙字者皆避，龙泉县改名剑川县。

⑤ 龙蛇飞舞：指书法精彩。

⑥ 六鳌：指背负神山的巨鳌。

⑦ 干城：比喻捍卫者。

⑧ 待访宝章录：米芾著《宝章待访录》，成书于元祐元年（1086）八月，分为"目睹""的闻"两大部分，所录八十四件晋唐藏品，开后世著录之先河，影响颇大。

作品赏析

《多景楼诗帖》曾为吴湖帆购藏，现藏上海博物馆。册有句曰"迢迢溟海六鳌愁"，吴湖帆请张大千绘《迢迢阁图》，以明代青田石付陈巨来刻"迢迢阁"印。1960 年，吴湖帆临写《多景楼诗帖》作《多景楼图意》。词作沿用陆游《水调歌头·多景楼》的词牌、韵脚，由多景楼胜况入手，赞米芾墨宝多景楼诗册之壮美，归到遍寻米芾书法鉴赏。吴湖帆的词不仅力追周邦彦、吴文英，而且深入三昧。不仅如此，他还以画笔再三描摹周、吴的词意，来传其神韵。吴湖帆的词是自然流露的，也是多愁善感的。他在诗词方面的修炼，已直追宋人。吴湖帆用词题画，用词考证，以现实主义创作手法记录他的情怀和种种人生感悟，别具风貌。清真平和，堂皇典丽，具雍荣气象，而绝去怪力乱神、狂肆怒张的酸颓落拓，一派大家风范。

现代诗词选

葡萄成熟了

闻 捷

马奶子葡萄成熟了，
坠在碧绿的枝叶间，
小伙子们从田里回来了，
姑娘们还劳作在葡萄园。

小伙子们并排站在路边，
三弦琴挑逗姑娘心弦，
嘴唇都唱得发干了，
连颗葡萄子也没尝到。

小伙子们伤心又生气，
扭转身又舍不得离去：
"悭吝的姑娘啊！
你们的葡萄准是酸的。"

姑娘们会心地笑了，
摘下几串没有熟的葡萄，
放在那排伸长的手掌里，
看看小伙们怎么挑剔……

小伙子们咬着酸葡萄，
心眼里头笑咪咪：
"多情的葡萄！
她比什么糖果都甜蜜。"

作者简介

　　闻捷（1923—1971），原名赵文节，曾用名巫之禄。江苏丹徒人。现代著名诗人。历任新华通讯社西北总社采访部主任、新疆分社社长，中国作协第二届理事、兰州分会副主席。创作主要以诗歌为主，主要作品有：《祖国！光辉的十月》（1958年作家出版社出版）、《生活的赞歌》（1959年人民文学出版社出版）、《河西走廊行》（1959年作家出版社出版），以及诗集《天山牧歌》（1956年作家出版社出版）、长诗《复仇的火焰》（1959年人民文学出版社出版）。

春夜，安塞有雪

赵康琪

杏子川，一个诗意的旅店
窗外，四月飞雪，与满坡
已经灿烂的杏花，交织
覆盖我在高原的梦

寒冷，骤然而至，让春天
猝不及防。那沸腾热血的
万千腰鼓，也被冻住声音吗
冷寂，原不属于安塞
想起在安塞石硖峪烧炭的
那个战士，他用生命燃成炭火
我相信，今夜仍在燃烧

安塞呵，那一窑木炭早就
成为比水电、火电、核电
更温暖无数人心的火种
与那面旗帜相映，代表
穿越世纪融冰化雪的力量

在这个春夜的飘雪中
相距久远的岁月，我与他
探究：热血与炭火相融为
一种特殊能源的奥秘

作者简介

赵康琪，（1953—　），江苏镇江人。江苏省作家协会名誉理事、镇江市作家协会顾问，曾任镇江市文联党组书记、市政协文史委主任。诗作发表于《中国诗人》《上海诗人》《雨花》《扬子江诗刊》《新华日报》《扬子晚报》等报刊，有诗被中央电视台选作节目播出，并入选《江苏百年新诗选》等多种选本，获江苏"文学报刊诗歌奖""'我们走过40年'诗歌大赛奖"等，出版诗集《放飞记忆》《灯火》（合集）等。

看到

蔡永祥

我见过许多惊心动魄的事件
就像石头随风起舞
就像映山红在不该开放的季节，开满了雪山
夏天和秋天的黑暗
同样的秘密在生存中，埋下钉子
就像另外一个人
在体内不停走动

三十岁，还是四十岁
我听见自己模糊的话语
要心情如何平静
夜晚的雄狮落入水井
要语言如何沉默
一只疾飞的鸟儿撞进石钟
仿佛，南方的骄阳和北方的连绵的大雪
世界永远不会停止死亡和出生

当然，还会有更多奇异的事情
正像我走在旷野
一阵雷雨袭来，而太阳

还在旁边微笑

我亲眼看到了一双大手挣开锁链

分开光明与黑暗

从所有的器物中，随手

拿出一件，指定我使用

这支喜庆的唢呐

或许，还会加上

一些时髦的和声，一些

反复明亮的阳光

作者简介

蔡永祥（1961—　），江苏镇江人。中国作家协会会员、中国报告文学学会会员、江苏省作家协会理事、中国当代文学学会理事、镇江市作家协会主席、《东方散文》副主编。先后发表小说、诗歌、散文、报告文学一百多万字；作品曾两次获江苏省"五个一工程奖"，部分作品入选多种文学选本和高考语文试卷。

西津十八景二首

满江红·蒜山怀古

祝瑞洪

银岭寒江，明月夜，琴娘咫尺。金缕衣、曲从心出，意从弦入。公瑾当年遥可忆，孔明从古谁能敌。笑谈中，佛狸与寄奴，浮槎客。　　蒜山凸，池荷白。山园筑，群英集。看循流叠石，连廊画戟。落日长河如梵境，沉烟旧屋皆名宅。从头越、汉韵和唐风，催航笛。

沁园春·云台胜境

银岭峰巅，更上层楼，一览镇江。看江河映日，水光潋滟；山林皓月，澹泊流香，一水成湖。四山环碧，古渡西津共画廊！　　南徐望，有新城高矗，旧府辉煌。　　云台地老天荒，最感动辛翁北固殇。江山如画，满眼风光正未央。幸人民觉醒，中华崛起；百年巨变，雄屹东方。夕阳下，看长虹飞架，大国文章。

作者简介

　　祝瑞洪（1956—　　），江苏镇江人。1978 年毕业于南京大学哲学系。副研究员。2002 年起从事西津渡保护更新工程和文史研究。"西津渡文史研究丛书"主编，即将出版的《西津图谱》总编著。2014年后学习诗词创作，围绕西津渡主题创作了《西津十八景组诗》，策划出版《西津十八景诗书画印作品集》并策划同名展览等。

一把椅子

胡　萍

只要一静下来
我就会在遥远的地方看见
一把椅子
空灵地伫立在荒凉的沙漠上

偶尔
阳光会上去坐坐
偶尔
风会上去坐坐
偶尔
鸟会上去坐坐
偶尔
我的梦也会上去坐坐

整个夏天
我都望着那把椅子想心思
不知如何来接受生活中的
破碎

胡萍（1963—2006），江苏镇江人。著名散文家。18岁被病折磨，安卧于宅，潜心于小说、散文、诗歌创作，以散文见长，以女性特有目光和细腻，以及静极幽思的灵感，感知与描述她眼中的世界。小说、散文、诗歌屡见于各类报刊，出版有散文集《布满翅膀的天空》。中央电视台曾对其进行过长篇专访。

北京纪事

马　季

下个月，又要搬迁一次
从线路上看，兄弟家政公司的汽车
载着我和七零八碎的东西
必须打鼓楼和钟楼之间穿过
绕一个圈儿

这里刚好显示北京的与众不同
它使遥远的记忆被写实
又使眼前的一切被象征
剩下的，我，只有打盹的份儿
晚上的醉酒还没有理由
此刻正好酝酿

我的兄弟在墙角提瓶而立
身后粘满时光的碎片
他用左手指着远方，嘿嘿一笑
他说，那是我们的去路
接近消失的地方
绕一个圈儿
我们还会回来

　　马季（1964—　　），回族，江苏镇江人。中国作协会员。曾供职于《金山》《作家》《长篇小说选刊》等杂志，任中国作家网副主编，长期工作于中国作家协会。出版诗集《城市敲钟人》《马季诗选》、小说集《月光奏鸣曲》等，另著有理论专著若干。

诗词二首

金山湖晚眺

孙　彤

戊戌九月初二，江城落照，云霞满天，独立西风，秋水长天，大豁胸臆耳！

家山景物自留连，沉醉东吴水与天。
万顷澄江秋色里，一拳峰峙暮云巅。

江城子·金山湖夜行

金山湖畔步轻盈。夜风清。水波平。明月眉弯，杨柳叶初萌。塔影霓虹相映衬，灯火闹，自关情。　　芙蓉楼上客逢迎。昔公卿。尽豪英。过眼云烟，绝唱笑虚名。自在观心无挂碍，增福慧，半书生。

作者简介

孙彤（1967— ），镇江市文联副主席、镇江市书法家协会副主席。作品入选中国书协主办的《纪念邓小平诞辰100周年书法展》，以及江苏书法五十年、走进新世纪江苏省青年书法篆刻精品展、江苏省公务员书画大展、江苏颂书法展、镇江书法五十年、镇江书画精品展（北京中国美术馆展）、中日友好书法交流展、中韩当代书画名家作品交流展等，发表于《中国书法》《书法》《美术观察》《书法导报》《文艺报》等专业报刊。诗文散见于国内各报刊。

诗二首

招隐秋山

尹洁明

招隐秋山薄雾笼，眼前悲客惜霜枫。
老僧相看似相识，翁荻临池照影同。
水以柔形能曲折，人因秉性定穷通。
陈蕃之榻今何在，只恐黄粱一梦中。

夜饮

难辞故友数相邀，携酒随迎到玉桥。
叶下秋风摇月色，波前亭榭动笙箫。
纵情箕踞杯斛满，乘兴吟哦愁潜消。
莫教微躯思国事，从来风月属渔樵。

作者简介

尹洁明（1957—　），工艺美术师，早年研习国画，曾师承著名新京江画派画家丁士青先生。山水花鸟为主。诗作原为画和韵，不期诗画呼应，每每同框，甚有意趣。

诗三首

重修北固楼落成有作
于文清

北固新楼高百尺，金焦山色翠当窗。
登临更欲雄今古，继起苏辛唱大江。

游西津古渡登小山楼

谁向云山筑此楼？大江流尽古今愁。
六朝明月清风影，落在萋萋芳草洲。

咏古运河

运河春水绕家门，绿柳婆娑江上村。
夹岸梨花飞作雨，青山隐隐淡无痕。

作者简介

　　于文清（1967—　　），江苏镇江人。多景诗社社长。曾应邀参加首届中华诗词青年峰会。从事古典诗词创作近四十年，年少时追求雅逸，中岁后向往古淡。出版古典诗词专著《江干小唱》，编著《江上题襟集》《江上行歌集》等。作品入编《二十世纪诗词文献汇编》《当代律诗钞》《海岳天风集》等当代重要诗词选本，为当代有影响的中青年诗人。诗词创作之外，雅好翰墨，书法力追两汉碑版，并于清季诸家隶书多有取获，逐步形成自家古雅清刚、雄浑典丽的书法风貌。

此刻的月光

范德平

此刻，金风存爽充当信使
秋报庄稼成熟的消息
此刻，无数的目光把月光收拢
并停在内心轻搠细捻

此刻，最大的一圈是月亮的边缘
那白色的光芒皓出饱含深情
被银河里死去的星星和引力波
锻造成天幕的银盘　漫游
5G 信号、月球车盲目的误区
注定无法抵达　月宫深处
隐藏着巨大的孤独
此刻，它却是所有凝望者的宝藏

此刻，月光端出的酒
明明是一人举杯
也有三人共饮的意境
此刻，月光亮出明晃晃的刀
捅出汩汩的相思和秘密

定然会衍生为隐约的耳语

此刻，月光越发地白

白得像一封封信

邮寄的内容多半与乡愁有关

此刻，让全世界都停电

此刻，让月光像白莲花一样盛开

作者简介

范德平（1956— ），笔名艾夫。江苏镇江人。20 世纪 80 年代初开始写诗，有组诗在《星星》《诗刊》《花城》《飞天》《青春》《雨花》《萌芽》等文学期刊发表，主编过《心弦集》《第三诗界》等民间诗集。2016 年，与欧阳江河、宋琳、陈东东、陈先发、王景曙等，在江苏科技大学举办"江南风·六人诗歌朗诵会"。

西津寻渡

吴建坤

风雨穿过千年，从我的指间
滑落，断矶成街水驿连片
繁华溅起轻烟
高冈之上，能有几家茶坊酒肆
邀我驻足清饮山楼宿醉？
我随众生苦行
爱在曲径雕阑外流连

待渡畔谁？江水东去箫声残笛
北岸空茫
长汀雁起芦荻荡荡
孤旅有你，我借白帆逐浪
斜阳中，潮落潮起
月光下，流水映照我的前生
彼岸的渔火又亮
我与你，同登觉路轮回

吴建坤，（1963—　），曾用名吴健坤。江苏镇江人。实业家、收藏家。自幼爱读诗，十几岁即在杂志报刊发表诗作。后辍笔经商，喜读书不喜张扬，乐善文事，多助艺苑。

诗三首

谒戴颙

殷国祥

修篁弄影虬梅偃，不向浮云出干枝。
此地隐幽溪水碧，青衫怀抱管弦知。

锅盖面

月失运河雾锁江，笊篱流汁半锅汤。
沉浮直曲终为食，满屋东西南北腔。

抓阄

吴郎川妹合扬州，佳节将临对望愁。
两地双亲微信问，儿童怯语可抓阄。

作者简介

殷国祥（1959—　），江苏镇江人。大学时始习作诗歌、散文。中途因故辍笔。晚来诗兴蓬勃，思如泉涌。作品曾发表于省、市报刊及中国诗歌网等。

诗二首

待渡观荷

杨占松

波漾近桨声，天净远帆影。
粉墨初登场，蜻蜓也花心。

题南山绿道

清寒竹叶黄，赏云山脊苍。
新道接古道，旧梦酝陈酿。
仰止疑无路，俯转弯幽长。
枯木风抖实，春暮等夕阳。

作者简介

杨占松（1960—　），镇江市作家协会会员。诗作发表于泰国《中华日报》《星暹日报》，以及《江苏工人报》《金山》《大学生杂志》等。

读秋渐行的背影

迟万丽

暮秋肃穆
读她渐行的背影
要相信
树也有母亲

半坡秋草黄
半坡林风祭母的凄厉
枯叶像纸钱儿纷飞
又铺满半坡

秋的疼痛
是开放性的灼艳
在自愈的地方
长出丛冢

土地用慈爱
拥抱着空林

迟万丽（1962— ），江苏南京人。八岁迁居镇江学习、工作至退休。自幼喜诗，多年笔耕不辍。有诗歌收入《中国诗歌精品大观》、《中国当代千人诗歌》先锋卷、《中国千人诗歌》精华卷。《经典短诗·当代方正》选本的编委。

怀念一个人

徐长顺

以为人还在，打电话无人接听。
以为在山上，去了找不到墓碑。

流动的时光里，静静想过去的时光。
我想的都成了幻觉。
怀念的那一个人，
与更多被埋葬了的人，没多少区别。

春天的风，不是那天的风。
桃花的香气，成了我喜悦。
树还在，再也找不着，
和我一起种下这桃树的人。

活着，死去。
死去，活着。
路总有尽头，
我走着，怀念着一个人。

一头连着我，一头连着天堂。

一头连着我，一头连着地狱。

我怀念的那一个人，

风知道在哪儿。

作者简介

徐长顺（1958—　），江苏镇江人。作家、中学语文教师。出版《朱笛的脚印》《千年桃花如梦》等三十多本图书。在《读者》《青年文摘》等海内外报刊上发表数百万字作品。现为《优雅少年》学生作文杂志编辑、全民阅读江苏镇江阅读会文学指导。多年从事学生作文评审及作文教学指导工作，曾在市少年宫执教十多年作文写作及阅读课。

诗二首

偶感

景广明

意浅事亦淡，情深易较真。
来时春蓬勃，去时秋霜冷。

无题

茫茫九州尽一草，艳艳百卉皆塑料。
千秋功名谁与颂，苍生柴米毋头条。
山高何须借云势，潮勇毋庸藉浪炒。
十年非是一百年，秦皇汉武莫急躁。

作者简介

景广明（1958—　　），江苏镇江人。中国戏剧艺术家协会会员。发表长篇小说《反串》《古诚》和中国首部未来主义长篇小说《二我》，发表、上演戏曲、话剧、电视剧、故事、中短篇小说、诗歌等作品约二百余万字，所创作的电视连续剧《春归》《反串》（30集）等在中央电视台、上海电视台等播出，中篇故事《奇特的小偷》获《故事会》年度一等奖等。

古代画选

嫦娥图轴　清·蔡　嘉

纸本设色

纵 74.5 厘米，横 48.4 厘米

作者简介

　　蔡嘉（1687—1756），字松原、岑州，号雪堂、旅亭、朱方老民。丹阳人。居京口（今镇江），后居扬州。善花卉、山石、翎毛、虫鱼、人物，称逸品，尤善青绿山水。与蒋璋、张琪称"京口三大家"。蔡嘉是清代早期镇江的代表画家，传世作品中花鸟、山水较为多见，而人物画较少。

作品赏析

　　此轴绘嫦娥，人物生动自然，线条流畅简洁。款题"最怜清夜久裴回，独立浑忘露冷苔。却想将身奔月里，可知身是月中来。朱方老民"。钤"蔡嘉印"朱文方印、"一字岑州"朱文方印、"朱方"朱文长方印。

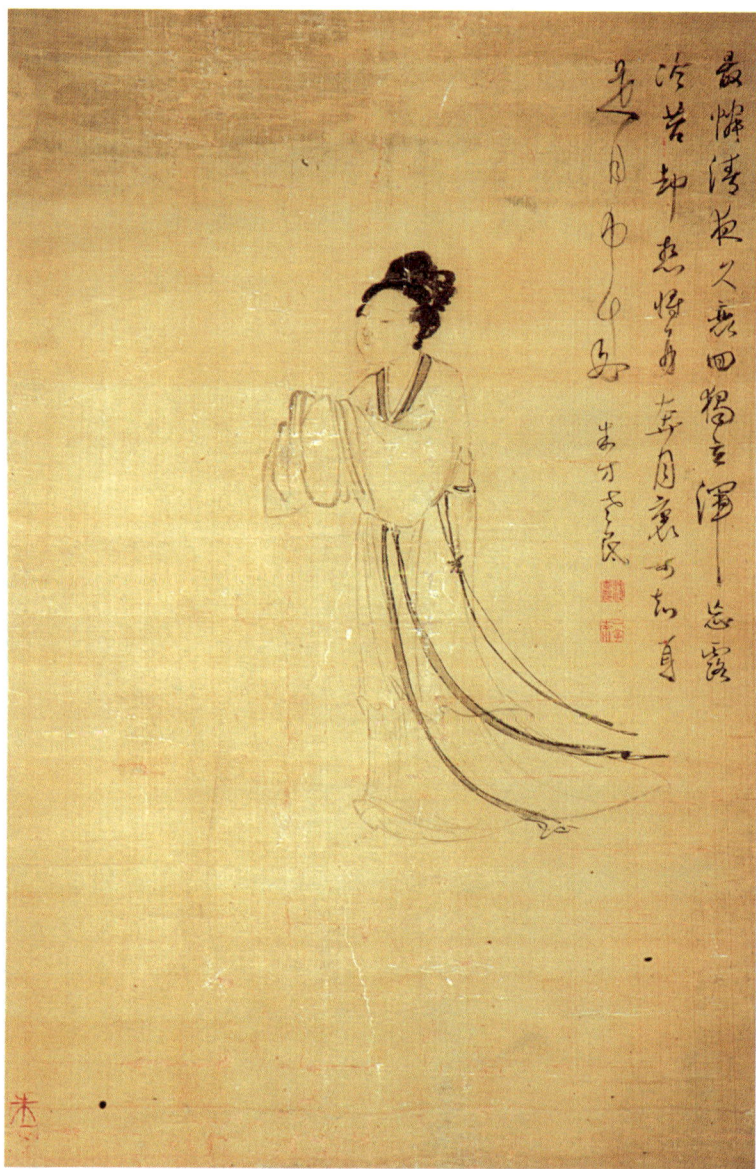

嫦娥图轴　清·蔡嘉

山水画轴　清·蔡　嘉

绢本设色

纵 199.5 厘米，横 101 厘米

作品赏析

　　此巨幅设色山水，设色明媚，用笔厚重沉着又秀雅纤丽，颇具气度，有王石谷画风。《瓯钵罗室过目书画考》中评其"山水花卉与奚冈齐名"。该画款题"峻岭巉岩树复重，如悬飞瀑水连空。白云隔断红尘路，谁信神仙有寓宫。壬子岁五月写于水东书屋，松原蔡嘉"。钤"蔡嘉印""一字岑州"朱文方印。画右下角钤"景园"朱文方印；左下角钤"朱方"朱文长方印。

　　此画作于壬子，即清雍正十年（1732）。

山水画轴 清·蔡嘉

柳鸭图轴　清·张　琪

纸本设色

纵95厘米，横37.6厘米

作者简介

　　张琪（生卒年不详），字晓村、树存，号晚晴。镇江人。活动于康、雍、乾时期，少即能诗。工山水、人物、花卉，有元人笔意，其画有诗意，常以诗配画，相得益彰。他与同里蔡嘉、蒋璋齐名，称"京口三大家"。

作品赏析

　　此轴柳鸭图秀雅冶丽，构图疏朗沉着，虽柳树落叶，秋水渐凉，鸭子游于水面仍十分快意。款题"丙午秋日写晓村"。钤"张琪印"白文方印、"树存"朱文方印。因生卒年不详，推测此图作于雍正四年（丙午）（1726）或乾隆五十一年（丙午）（1786）。

柳鸭图轴　清·张琪

花卉册页　清·张　琪

纸本设色

每开纵 25 厘米，横 31 厘米

作品赏析

　　此册页共绘图十二开，意趣盎然。张琪崇尚写生，风格深
受清初"常州画派"代表人物恽寿平影响，推崇花鸟画正宗之
"没骨"画法。此作深得精髓，画面赋色雅致，格调明快。题
款"庚辰小春月写十二桢""急性子""多子宜男"等。钤
"张琪之印"白文方印、"晓邨"朱文方印等。

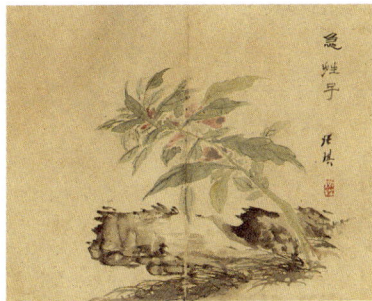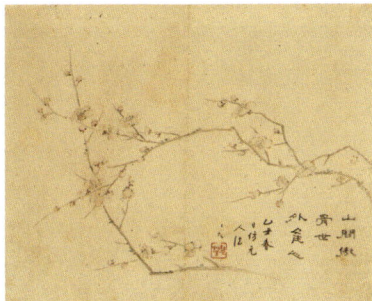

（一）十二开　　　　　　　　（二）十二开

花卉册页（一至二）　清·张琪

（三）十二开

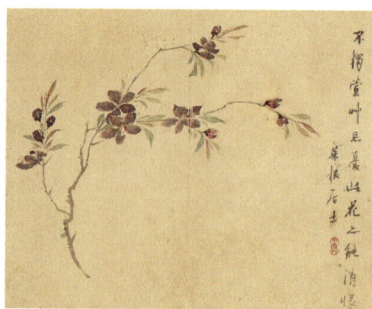

（四）十二开

（五）十一开

（六）十二开

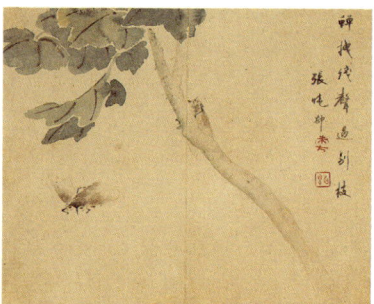

（七）十二开

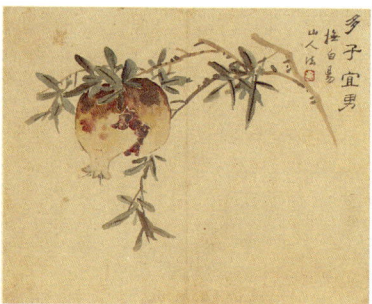

（八）十二开

花卉册页（三至八）　清·张琪

（九）十二开

（十）十二开

（十一）十二开

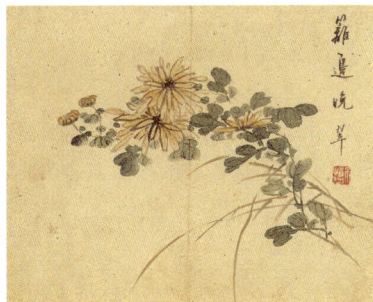

（十二）十二开

花卉册页（九至十二）　清·张琪

素鹅图轴　清·蒋璋

纸本墨色

纵 113 厘米，横 48 厘米

作者简介

　　蒋璋（生卒年不详），字铁琴，号京江铁翁、溉墨翁、耕山琴老农。丹徒人。活动于康、雍、乾三朝，善画人物、花卉，与黄慎齐名，尤工指画。他与蔡嘉、张琪并称"京口三大家"。

作品赏析

　　此轴绘素鹅一只，笔力纵放自如。款题"玄白堆云涅不缁，此身已落右军池。素衣摒染三升墨，莫使山阴道士知。丹徒铁琴道人"。钤"耕山琴老农"白文方印。

素鹅图轴　清·蒋璋

梅竹菊图轴　清·鲍皋

绢本墨色

纵 105 厘米，横 48 厘米

作者简介

　　鲍皋（1708—1765），字步江，号海门。镇江人。鲍彝子。画传家法，禽鱼花鸟，超妙入神。工诗，擅书法，著有《海门诗集》，故画名为诗名所掩。

作品赏析

　　此图绘梅、竹、菊，笔意简洁，冷淡幽古。款题"甲申岁旦月之望写如此，高学长兄先生正。海门鲍皋。"钤"鲍"白文方印、"皋"白文长方印。另有二题当是四年后又加题诗句。其一题"乾坤有清气，散入诗人脾。杼山句"。钤"海门居士"白文方印。其二题"前身应是明月，几生修到梅花。取表圣、叠山语"。钤"戊子"朱文圆印。右下钤"江南"朱文椭圆印、"步江"朱文方印、"朱方"朱文方印。此画作于甲申，清乾隆二十九年（1764）。

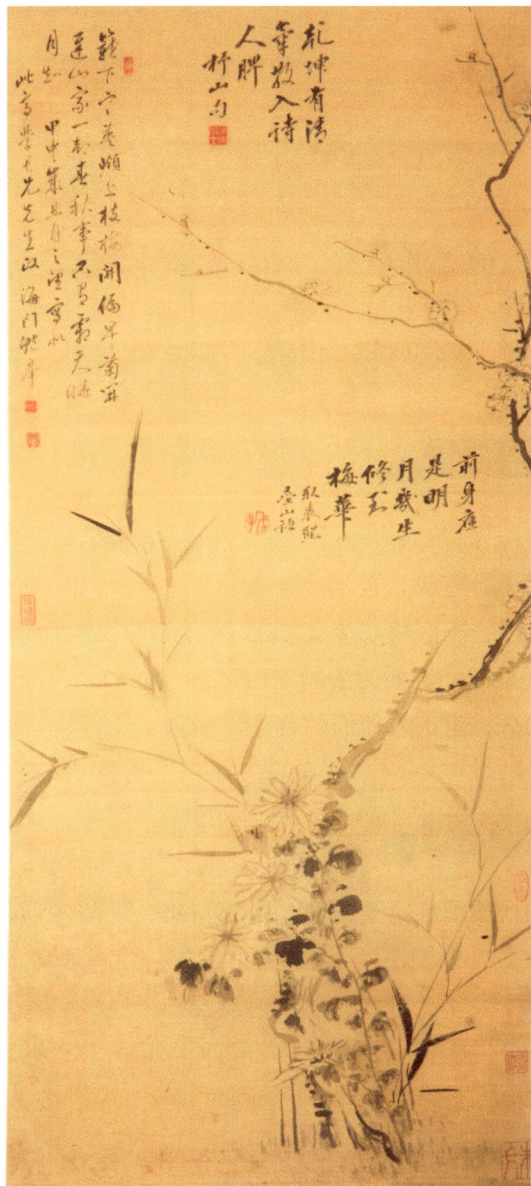

梅竹菊图轴　清·鲍皋

桐圃图　清·潘恭寿

纸本设色

纵 87 厘米，横 30 厘米

作者简介

　　潘恭寿（1741—1794），字慎夫，号握笔，中年受菩萨戒，遂名达莲，号莲巢，莲居士。镇江人。善山水、花卉、人物，曾受王文治、王宸精心指点。王文治罢官回镇江后，从乾隆三十三年（1768）起始为潘画题跋赋诗，他们之间的合作长达二十五年之久，世人称他们的合作作品为"潘画王题"。

作品赏析

　　此轴桐圃图，落笔精熟，古雅清幽，气韵生动。款题"严先生索余为《桐圃图》，许之垂十年矣，今将远离，因以志别。时乾隆四十九年三月四日莲巢弟恭寿"。钤"恭寿"白文方印、"慎夫"朱文方印。此画作于乾隆四十九年（1784）。

桐圃图　清·潘恭寿

瓜瓞绵绵图　清·潘恭寿

纸本设色

纵 73 厘米，横 27 厘米

作品赏析

　　此幅瓜瓞绵绵图，设色秀丽，画面明快。潘恭寿画花鸟取法恽寿平，兼工带写。工笔下的蝴蝶翩翩起舞，写意下的瓜藤枝大叶茂，生动形象的展现了生活场景，饶有趣味。题款"瓜瓞绵绵图"。钤"恭寿印"白文方印、"家在江南第一泉"朱文方印。

瓜瓞绵绵图　清·潘恭寿

携琴访友图　清·潘思牧

纸本设色

纵 142.5 厘米，横 75.3 厘米

潘思牧（1756—?），字樵侣、一樵，号髯翁，晚号竹谷居士、樵侣老人，潘恭寿族弟。镇江人。据《京江画征录》载："潘思牧年九十犹后备挥洒不辍。"卒年不详，待考。他善画山水、花卉、人物，有人评其"画品不在恭寿之下"。

此幅携琴访友图堂幅，系临文徵明原图，深具文衡山笔意。款题"文征仲携琴访友图。道光元年岁次辛巳夏日写为隐庵禅师法鉴。樵侣潘思牧"。钤"思牧印信""潘氏樵侣"白文方印二方。此画作于道光元年（1821）。

携琴访友图　清·潘思牧

荷蟹图轴　清·黄鹤

纸本墨色

纵 140 厘米，横 77 厘米

作者简介

　　黄鹤（生卒年不详），字石屏。镇江人。黄鹤为王文治妹婿，善花卉，禽鸟，尤善画蟹，时人呼之为"黄螃蟹"。黄石屏生性喜酒，性情豪放，人品极高。其画"横涂竖抹墨淋漓"，受扬州派画家影响颇深，与"扬州八怪"均有往来，尤与郑板桥交往甚密，画艺自板桥处获益不少。

作品赏析

　　此幅荷蟹图，水墨传神，所绘螃蟹形态各异，栩栩如生。款题"石屏山人写"。钤"黄鹤之印"朱文方印、"石屏氏"白文方印。图上另有王文治题跋"唐诗人有崔鸳鸯、郑鹧鸪之名，石屏山人善写郭索（即螃蟹），同人颇有呼之为黄螃蟹者。梦楼王文治戏题"。钤"文章太守"朱文方印。

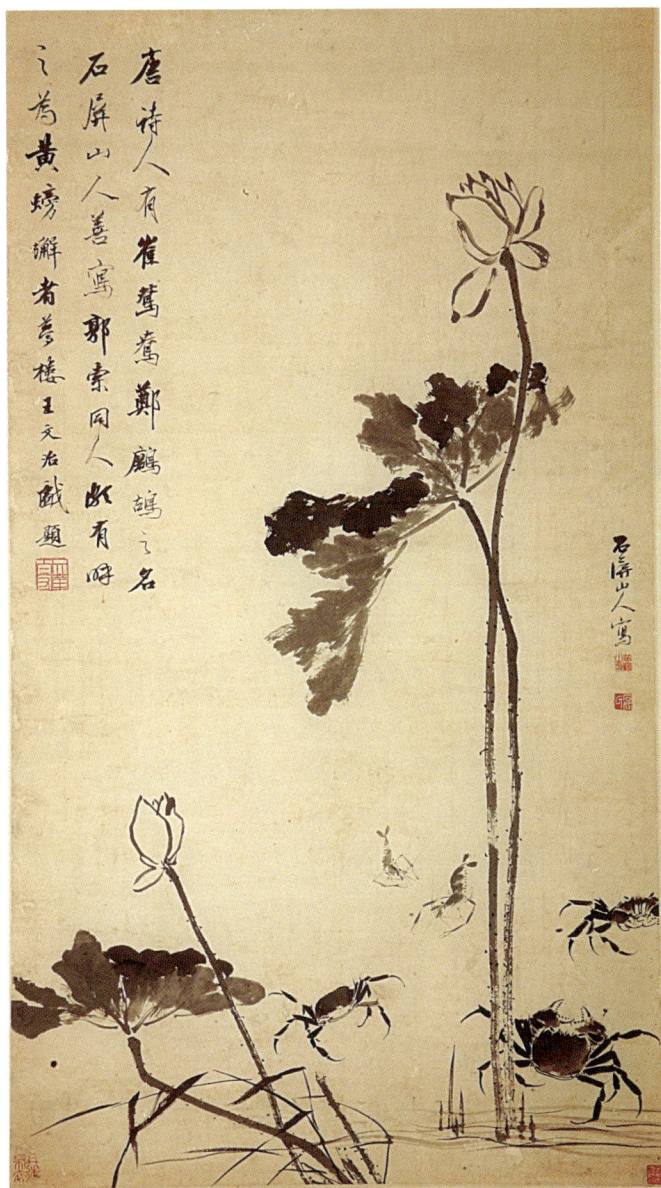

唐诗人有崔鸳鸯郑鹧鸪之名
石屏山人善写鹅索同人以有好
之为黄螃蟹者参楼王文治戏题

荷蟹图轴　清·黄鹤

镇江名胜册页　清·张崟

纸本墨色

纵 34.8 厘米，横 19.4 厘米

作品赏析

　　此册页共绘图十二幅，每幅对开，一画一题。图绘镇江名胜日精山、月华山、黄鹤山、夹山、招隐山、回龙山、北固山、焦山、蒜山、金山、五州山、西山，共十二景。款题"壬午七月廿又三日，丹徒张崟呈本"。各页上钤有"张崟之印"白文方印，"清河仲子"白文方印，"宝岩"朱文长方印，"夕庵"白文长方印，"张崟之印"朱、白文相间方印，"宝岩"白文方印，"夕庵"朱、白文相间方印，"夕庵书画"朱文方印。此画作于清道光二年（1822）。

焦山在城東九里大江中名焦山為金山並峙相距十里以稱雙峯沒灌淡艺海门閣守嵓巖絚唐对崇陽此故名山之後支東出為二小峯口松翠戎碑海宇宴三詔润怤龍銘讚吞石名屋吞焉

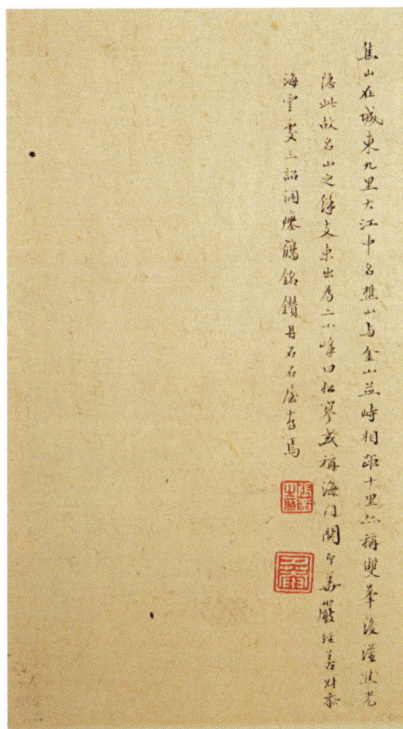

镇江名胜册页（局部）　　清·张鉴

江南雨后　清·张崟

纸本设色

纵 176 厘米，横 43.5 厘米

作品赏析

　　此作画风细密，色彩雅致。云海、松涛、屋舍、人物浓淡有序，层次分明，山川树木郁茂华滋，境界富有进深感。设色以浅绛为主，幽清有致，给人以美的享受。题款"偶写江南雨后，岑清寒空阔，撲云林何当，载我图书去，共试野航春水深。夕庵张崟"。钤有"张崟之印"白文方印、"夕道人"朱文方印。

江南雨后　清·张鉴

垂柳帆影　清·张崟

纸本设色

纵 83 厘米，横 38 厘米

作品赏析

此幅构思巧妙，绘垂柳倒映江中，帆于江中摇曳，远处的云山意境空远。张崟以画松见长，其松挺拔俊秀、针叶谨细，密而不乱。此作画柳用笔肆意，疏密相间，行云流水，"源自明仇英之画法"。顾鹤庆提跋"此垂柳画法始于刘松年。仇实父继之，不难于工细，而难在神韵。夕老其能兼有之者。弢庵"。钤"弢菴"朱文方印。题款"道光三年秋日于铁瓮城东茅屋。夕庵张崟作"。钤"弢庵画印""夕庵"朱文方印。

垂柳帆影　清·张崟

徐氏云川阁十六景图卷之一　　清·顾鹤庆

绢本设色

纵 39.6 厘米，横 1304.4 厘米

作者简介

　　顾鹤庆（1766—?），字子馀，号弢庵，晚号乳山逸叟。丹徒。卒年待考。善山水、人物、书法，工诗文，尤善画柳。尤其赠法式善祭酒的《驿柳图》令法祭酒赞之不绝，于是名噪都下，人称"顾驿柳"。时张夕庵善画松，又有"张松顾柳"之誉。

作品赏析

　　此作为《徐氏云川阁十六景》之《徐云淙侍御泛湖小像》，计十七幅。《徐氏云川阁十六景图卷》是顾鹤庆中年时期的代表作，尽情描绘了水乡风光的变化无穷之态，显示了画家的高超技艺。款题"嘉庆乙亥秋写邵埭徐氏云川阁十六景，应君实先生之属，即请鉴之。顾鹤庆"。钤"顾鹤庆画"朱文方印、"弢庵画禅"朱文方印。卷后附裱"宣哲（愚公）"及"婴阛居士秦雪年"的题跋。此画作于嘉庆乙亥，即清嘉庆二十年（1815）。

徐氏云川阁十六景图卷之一　清·顾鹤庆

二十四景册　清·周镐

纸本设色

每幅纵37.5厘米，横63厘米

作者简介

　　周镐（生卒年不详），字子京。清代嘉、道年间镇江知名画家。因家境贫寒，不求官于官宦，终生以卖画为生，故名不显于诸画史。他擅长山水，笔势雄浑苍劲，色调淡雅明快。更精于用墨，皴法异于常人，构图跳出前人窠臼，采用俯视法画山水别开生面。

作品赏析

　　此《二十四景册》描绘了镇江名胜景色。此册精心构图，工雅瑰奇，其中山川城郭、城市关津栩栩如生。款题"道光壬寅春月，笠农二先生雅正。周溪桥流水、烟霭风涛、阴晴昏晓之状无不镐"。册中钤有"子京"朱文方印、"周镐私印"白文方印、"镐印"白文方印。此画作于道光壬寅，即清道光二十二年（1842）。

（一）林开古驿

（二）山绕瓮城

（三）京畿晓发

（四）梦溪秋泛

（五）范桥流水

（六）刁坞藏春

（七）浮玉观涛

（八）海门泛月

二十四景册（一至八）　清·周镐

（九）狮岩消夏

（十）龙洞吟秋

（十一）兽窟危亭

（十二）鹤林古木

（十三）西津晓渡

（十四）北固晚钟

（十五）竹林听泉

（十六）蓉楼话雨

二十四景册（九至十六）　清·周镐

（十七）岘山策蹇

（十八）招隐听鹂

（十九）八公早梅

（二十）半江红树

（二十一）城南赛社

（二十二）江上救生

（二十三）九华层云

（二十四）五洲积雪

二十四景册（十七至二十四）　清·周镐

山水小景　清·周镐

纸本设色

纵78厘米，横36.5厘米

作品赏析

　　此幅山水小景，颇具周镐代表性。他擅于山水，笔势雄浑苍劲，色调明快，皴法独到，精于用墨，于浅显处用寥寥数笔焦墨，使画面气韵生动。《京江画征录》称："吾乡画派，先生为殿军"，"邑中习周镐画派者甚众"。钤"周镐"白文方印。

山水小景　清·周镐

暴书图　清·明俭

纸本设色

纵 34.6 厘米，横 102 厘米

作者简介

　　明俭（约嘉庆初—1866），字智勤，号几谷，别号九子山僧。丹徒人。俗姓王，出家小九华山真武殿为僧。能诗工山水、花卉及行书、草书。初为张夕庵弟子，继则出入荆、关，墨彩沉郁，下笔如风。

作品赏析

　　此卷暴书图画妙诠和尚率寺僧在梅雨季节之后，为寺院书屋晾晒藏书的写实场景，绘工极细，设色淡雅，极具生活情趣。款题"暴书图道光己亥仲夏为妙诠和尚雅鉴几谷俭"。钤"明俭"白文方印。卷首原为阮元题篆书"暴书图"，惜残"暴"字，后由陈名珂用双钩补阮元"暴"字，并续题"暴书图"于卷首。卷后有钱泳、吴荣光、许之翰等人题跋。此画作于道光己亥，即清道光十九年（1839）。

曝书图 清·明俭

夏山过雨图意　清·明俭

纸本设色

纵96厘米，横23厘米

　　此轴为几谷拟五代南唐"董北苑"董源之作。用笔以"披麻皴"，又以米芾"米点皴"为埃法，将江南真山实景入画，高远幽深，不为奇峭之笔。题款"夏山过雨图意"。题款"丙申夏六月望前三日，拟北苑大意，几谷作海云庵主。"钤"几谷明俭"半朱半白方印。此画作于道光丙申，即清道光十六年（1836）。

夏山过雨图意　清·明俭

山水轴图　清·应铨

纸本设色

纵 180 厘米，横 95 厘米

作者简介

应铨（生年不详），字子衡。镇江人。工书画、诗词，尤善山水，得米南宫法。

作品赏析

此轴设色山水为祝寿之作，笔墨俊逸，意境旷远。款题"冈陵祝嘏，松柏永年。丙午春日写祝六公老和尚六旬大寿，子衡侄应铨"。钤"臣应铨印"白文方印。考嘉、道时期只有一个丙午年，此画当作于清道光二十六年丙午（1846）春。

山水轴图　清·应铨

京口四景图　吴石仙

设色纸本

每幅纵 180 厘米，横 45 厘米，4 幅

　　吴石仙（1845—1916），名庆云，字石仙，后以字行，晚号泼墨道人。上元（今江苏南京）人。近代海派画家。吴石仙擅山水，山水气势雄厚，丘壑幽奇，初不为人重，既赴日本归，乃长烟雨法，墨晕淋漓，烟云生动，峰峦林壑，阴阳向背处，皆能渲染入微。故其晦明之机、风雨之状，无不一一幻现而出，此盖参用西法，别出机杼，故在当时有耳目一新之感，尤为沪上粤商所喜。

　　此幅京口四景图为仿古之作，分写京口四处美景，各不相同。构图明快简练，笔触豪放率意，水墨交融，淋漓滋润，充分展现了吴石仙独特的个人画风。题款"昭关远眺""八公秋霁""九华试茗""莲花飞瀑"。钤"石仙"朱文方印。吴石仙对文人画传统情有独钟，作品深受米芾影响有满纸云烟之感，对历代名家认真研究，悉心临摹，注重水墨渲染的技巧。

京口四景图之一、之二　吴石仙

京口四景图之三、之四　吴石仙

现代画选

梅花　吕凤子

作者简介

　　吕凤子（1886—1959 年），丹阳人。中国近现代著名画家、书法家和艺术教育家，职业教育的重要发轫者，"江苏画派"（"新金陵画派"）的先驱和最重要缔造者之一。吕凤子 15 岁中秀才，师从著名教育家、美术家、书法家李瑞清。1910 年在上海创办神州美术院，成为中国最早的现代美术学校之一。在重庆璧山创办了私立正则艺术专科学校，并担任国立艺术专科学校（中央美术学院、中国美术学院）前身的校长。他还以其罗汉画和"凤体"书法取得了一生中艺术的最高成就，培养了朱德群、吴冠中、李可染、刘开渠、王朝闻等一大批当代中国美术大家，在中国美术史和美术教育史上留下了重要一页，被誉为中国美术界的"百年巨匠"。

作品赏析

　　吕凤子《梅花》的线条一往流利，不作顿挫、不露圭角，流畅的圆线条构成了遒劲明快、苍润有力的画面。无论在山水画、花鸟画，还是人物画领域，吕凤子都有着淋漓尽致的表现，其中以人物与花鸟画居多，山水题材相对较少。他的绘画以文人画为基础，吸取西洋养分，创造出个人独特的艺术形式。他充分利用西方绘画中的积极要素，变革传统绘画。吕凤子以其独特的艺术风格、沉雄苍劲的笔墨，自辟蹊径，融诗、书、画于一炉，使作品蕴含着深厚的激情，具有生动的艺术魅力。

梅花　吕凤子

秋林散牧　丁士青

作者简介

　　丁士青（1901—1976），名竹如。镇江人。自学丹青，传统功底深厚，犹擅山水画、指头画。1957年参与创建镇江市国画馆并任主任。20世纪五六十年代参与了江苏省画院全部重要活动。曾随傅抱石率团进行"两万三千里"写生，被公认为"新金陵画派"九老之一。代表作品《东山新绿》《蜀江图》入选全国美展；《红岩》《柳塘牧鹅图》等紧跟时代面貌，为新中国的国画转型创新做出了重要贡献。1960年作为重要作者参与创作傅抱石领衔的《化工城的早晨》，并入选全国美展。

作品赏析

　　丁士青《秋林散牧》描绘了秋天放牧情景，画中人物悠闲自得，传递出恬静、安逸的生活情调。丁士青"有很深的传统功底，能活用唐伯虎所擅的小斧劈皴法，画风严谨而清丽"。"指画"一直贯穿丁士青的创作生涯，20世纪40年代他便开始创作指画作品，题材涉及山水、人物、花鸟等。更为可贵的是，丁士青能在指画作品里主动求变，探索中国画创作图像空间与视觉空间的更多可能。丁士青是从旧到新成功转型的画家，他对画派的形成起到了承上启下的作用，作为"新金陵画派"的中坚力量，他的作品值得被广泛和深度研究。

秋林散牧　丁士青

武都头　戴敦邦

戴敦邦（1938—　　）。江苏镇江人。曾任《中国少年报》《儿童时代》美术编辑，1976年入上海工艺美术研究所，后担任上海交通大学人文学院教授。擅人物，工写兼长，多以古典题材及古装人物入画，所作气魄宏大，笔墨雄健豪放，形象生动传神。主要作品有《水浒人物一百零八图》《戴敦邦水浒人物谱》《红楼梦人物百图》《戴敦邦新绘红楼梦》《戴敦邦古典文学名著画集》等；连环画代表作品有《一支驳壳枪》《水上交通站》《大泽烈火》《蔡文姬》等。

戴敦邦深受中国传统文化的熏陶与濡养，他的画有着独特的个人风格，有着中国民族艺术的精神，正如蔡若虹先生在《戴敦邦连环画集》中序言所说的："戴敦邦画了很多画，连续性的插图以及四扇屏等等。他的作品可贵之处，是始终不脱离群众，始终说中国话（虽然有两三种不同的声音），始终不跟着外国画家的屁股后面跑。他没有强调百花齐放而不提为人民服务，为社会主义服务，他是一个真正的爱国画家。"蔡若虹先生对他的画品给予极高的评价。

武都头　戴敦邦

春风鹤舞　田致鸿

　　田致鸿（1939—　　），毕业于西北师范大学美术系，师从常书鸿、汪岳云、韩天眷等先生。江苏大学艺术学院教授。曾任江苏大学艺术研究室主任、艺术设计研究所所长、书画院院长，江苏省文联书画研究中心研究员。现任镇江市花鸟画名誉会长。其作品被海内外多家博物馆、美术馆、企业家和私人收藏。

作品赏析

　　田致鸿笔墨得北宗王气、霸气、西北黄土砂碛瀚壮气，又经江南江水雨水洗涤，滋润、涵泳，渐入化境，人画俱老，空蒙、秀逸、天然，无为而无所为而不可端倪，点、挥、洒、勾、勒、提、按、顿、挫、皴、擦，随意点化，皆入佳景，凡野蕊山禽，无不清新臻至妙景而别有意趣——白描，清俊堂皇；水墨，淋漓朴茂；减笔，空灵奇妙；写意，寓里帅气；浅绛，淡雅隽永；重彩，酣畅华滋；锦地，烂漫缤纷；小品，咫尺万物；通景，含蓄藉生机发动，皆巧借古人山水皴法，活用于大花鸟，空间营造似虚而实，意境氛围呈独特韵律，有耳目一新之感。人或以为"现代"，然满幅老笔纷披泼天痛快乃无上逸品，犹如深巷老屋醇香醪酒赏心悦目。扬州大学艺术学院贺副院长评论："田致鸿教授的画，笔笔见传统，令人衷心喜欢不忍释怀，特别是田先生心态年轻，善于吸收解读西人观念作现代观照而依然以传统笔墨出之。"

春风鹤舞　田致鸿

幽林深处　李苇成

作者简介

　　李苇成（1941—　），毕业于浙江美术学院中国画系，先至人民美术出版社工作，1971年调入镇江画院当专职画家。擅长人物、山水，兼作花鸟画。作品曾多次入选全国美展、省市重要画展，并赴日本、美国等地展出，在上海"朵云轩"和日本举办个展。现为江苏省美术家协会理事、镇江市美术家协会主席、国家一级美术师。

作品赏析

　　李苇成的画，以粗犷豪放为主情调，在遵循传统的山水画构图原理下，形成大胆、隐约、迹简、意深风格，给人以心灵上的震撼。作品画面有浙派传统水墨的气势，注重构图营造，善于用浓淡水墨的巧妙变化，笔墨酣畅，秀润苍郁。

幽林深处　李苇成

延河岸边　贾玉书

作者简介

　　贾玉书（1943—　），1965 年毕业于南京师范大学美术系。中国书法协会会员、江苏省美术协会会员，原镇江市文联主席、书协主席。

作品赏析

　　贾玉书之画，大致为三。一为江南行，有《烟雨江南》《秋塘鸭趣》《老屋》《南山烟雨》等；一为川江行，有《巫山高》《世纪之光》《峡江清晓》《峡江云起》等；一为西北行，有《枣园晓色》《延河岸边》《陕北信天游》《三月》《天山牧歌》等。贾玉书自述"我爱神州大地之山山水水，吾爱大自然之万般风情。每身临其境，必欣欣然欲尽其妙。心动则情至，情至则万象生。故时有佳构，为人所喜，为己所悦"。

延河岸边 贾玉书

山水有清音　刘二刚

作者简介

　　刘二刚（1947—　），江苏镇江人。一级美术师。曾供职镇江国画院、江苏美术出版社《江苏画刊》、南京书画院。先后在南京、北京、上海、广州、西安、湘潭及海外举办过个人画展。作品参加百年中国画展、中国新文人画展、新中国美术六十年展，并被中国美术馆及个人收藏。

作品赏析

　　这是一位沉静多思的画家，以程式化的、漫画式的人物与简笔山水相配，再加题内含机锋的跋语，传达具有禅意的人生智慧。刘二刚的画自觉地选择了自传统中野逸派以来就有的与正统派在审美上的抗拒。有人说他的画亦庄亦谐，其中所谓"庄"者，是说刘二刚吸收和秉承了正宗文人画中的文化营养与学者风范；"谐"者，则指他将通俗文化中的幽默诙谐因素引入文人画书卷气中，使正襟危坐的文人艺术不断包含着现实生活的经验。

何必絲
与竹山水
有清
音二剛

山水有清音　刘二刚

江城夕照　李守农

作者简介

　　李守农（1952—　），江苏镇江人。毕业于南京艺术学院中国画专业。镇江市润州区书画家协会副主席。《彩韵滇南》入选"第二届江苏美术奖作品展"，并获提名奖；《彩韵滇南》入展"江海门户通天下"全国美展，并获会员资格一次；《禅韵无声》入选"升庵诗画"全国美展；《新韵·城市山林》入选"省改革开放40周年美术作品展"；《城市山林江河汇》入选"画说运河"江苏省美术家写生作品展，并被省文联收藏。

作品赏析

　　《江城夕照》表现的是镇江本邑山水景色，是西津渡云台山西望与城市和园林相结合的一幅现代城市山水画。《江城夕照》基本尊重了城市本身的历史传承和文化脉络，以小写意手法表现了夕阳下的山川运河、园林花木。仰观飞云流动，俯瞰别墅成群。金山湖碧波荡漾，古运河穿城而过。高耸的塔吊，又一组新楼拔地而起；东去的大江，硕大的江轮来往穿梭。树木石，山林并染；江河湖，水天一色。作者以娴熟的笔墨烘托出气象万千、恢宏大气、夕阳映照下的新城市山林。《江城夕

照》场面宏伟，尺幅巨大，构图精密严谨，视野开阔，再现了
与时代共舞、日月同辉的壮阔图景。

江城夕照　李守农

画出南山别样情　林长俊

作者简介

林长俊（1956—　），江苏镇江人。江苏省美术协会会员。作品多次参加省内重大美术展览，在首届中日书画作品公开征集展中获铜奖，并多次参加中国美协主办的国内外展览和国际方面的艺术交流。作品随中国美协在澳大利亚展出后随中国美协赴多国巡回展出，在世界华人展中获铜奖。新京江画派金奖获得者，个人传略被编入中国当代名人录。

作品赏析

这幅画作的画面是镇江南山，向人们展现了改革开放以来的镇江山水新风貌，反映的主题积极向上。林长俊坚持用自己多年创作的手法和笔墨语言来表达心中对家乡的情怀，坚持原性，采用青绿山水的形式展现出山水的浑厚苍劲和江南山水的清秀，色彩艳丽而不俗。这是林长俊自己常用的绘画风格，不拘泥古法，融合了写意和装饰的味道，以自己的个性视角向世人呈现了江南山水的特有风貌。

画出南山别样情　林长俊

灵景清幽　严有慧

作者简介

　　严有慧（1957—　），江苏镇江人。中国工业美术协会会员、镇江市政协书画协会会员、镇江民建书画研究会会员、金山寺佛印书画院会员、镇江中泠印社理事。作品曾数次获得国家级和省级市级各专业团体机构的大奖并被收藏。

作品赏析

　　严有慧深知对画面的塑造，还是回归到笔墨当中去。《灵景清幽》的笔墨形态将"点、线、面、黑、白、灰"这六种中国画精髓均展示了出来。有了这六元素，才能引发画面的表现手段和方法。严有慧画中，笔墨表现得收放自如，但他更加追求的是心源境界。所谓"外师造化，中得心源"。严有慧认为中国画的意境才是中国画的灵魂，而笔墨为其次之。

灵景清幽　严有慧

天路 李恒

李恒（1961— ），中国摄影家协会、江苏省美术家协会、江苏省书法家协会会员。《京江晚报》副总编辑。书画作品入选深圳·观澜第六届国际版画双年展、魅力句容全国书画展、江苏省第五届刻字艺术展、中国百家金陵画展、中国首届插图展、深圳·观澜第七届国际版画双年展、第七届世界军运会全国美术作品展。作品获"第二届江苏美术奖"优秀奖，入选第四届江苏省文华奖（美术类），有作品被江苏省现代美术馆收藏。

作品赏析

此作构图新颖，章法得当，场面巍峨宏大，气势磅礴，"雄、气、韵"贯通于整幅画面之中。古人云："栖形感类，理入影迹。"作者用笔竖画三寸，即表达千仞之高，用墨横画数寸便可体现百里之远；留白处，云雾缭绕群山，一条曲折蜿蜒的山路穿梭于山间。它显现出高原天地间的自然之雄，高原的粗犷与山川河流的灵秀并存。

天路　李恒

满眼风光　王勇胜

作者简介

王勇胜（1963—　　），江苏省美术家协会会员、镇江市美术家协会理事、镇江画院特聘画家。作品参加中国文联第十届中国艺术节组委会主办的书画名家精品展、文化部第五届全国画院美术作品展、中国美术家协会主办的"孺子牛"全国美术作品展、"大漠飞歌"全国中国画作品展、"河山如画图"巡回艺术展、第五届"卫士之光"美术作品展等。

作品赏析

一幅好的山水画，除了笔墨、表现形式，更重要的是画面触动观众共鸣的那份心境。此幅山水画，从传统中走来，用笔轻松洒脱，用墨浓淡相宜，用色清新平和，画中景物不多，屋后几株长松，屋前一丛远山。观之，感受作者作画的心态和想法，诗句"重冈已隔红尘断，村落更年丰。移居要就，窗中远岫，舍后长松"（金元好问的《人月圆·重冈已隔红尘断》）便是此画意境的诠释，这也是共鸣之处。这幅画让人静下心来去感悟中国传统绘画和中国传统文化的魅力。

满眼风光　王勇胜

西津渡　庄岱辉

作者简介

庄岱辉（1963—），江苏镇江人。现为中国工艺美术家协会会员。20世纪90年代中期弃商自学中国画至今，主攻山水。作品两次获新京江画展金奖，多次参加全国、省、市展览，并被国内一些文化机构收藏。

作品赏析

庄岱辉《西津渡》以西津渡实景为主题的创作应为别格。画面虽然难以脱开实景的描述，但庄岱辉提炼出的场景位置经营从容，着墨皴擦有度，线条多变及力度的把握使得画面场景开阔，街面结构精道，虽然重屋叠加，却全无挤压局促。特别是小街由宽渐窄纵深感的处理，使人产生对尽头景致的想像，此刻那一片古树掩遮中的白塔祥瑞安好……雪霁放晴，几点红灯笼显示出冬日里坊间生活的一派生机。此作究其画意依然尽显了画人有直抒胸意之境，无雕琢描摹之弊，发乎初心的艺术追求。

西津渡　庄岱辉

向阳　柳学健

　　柳学健（1964—　），江苏镇江人。北京荣宝斋画院教授、柳学健工作室导师、京口美术馆馆长。1989年获"当代中国水墨画新人奖"，出版《柳学健画集》（人民美术出版社）等作品集二十余种，在《美术》《荣宝斋》《收藏家》《人民日报》等报刊发表作品三百余幅，先后在北京、上海、香港等地举办"柳学健画展"四十余次。

作品赏析

　　柳学健作品注重传统笔墨与生活感受的融合，其笔墨语言在融汇前人艺术特点的基础上，较好地把握了画面墨与彩的关系，用墨传统文气，用彩大胆丰富，墨彩相宜，写意交融，形成文人气息浓郁的个性风格。可谓特色鲜明、精道入微、语境自成、自在传神。

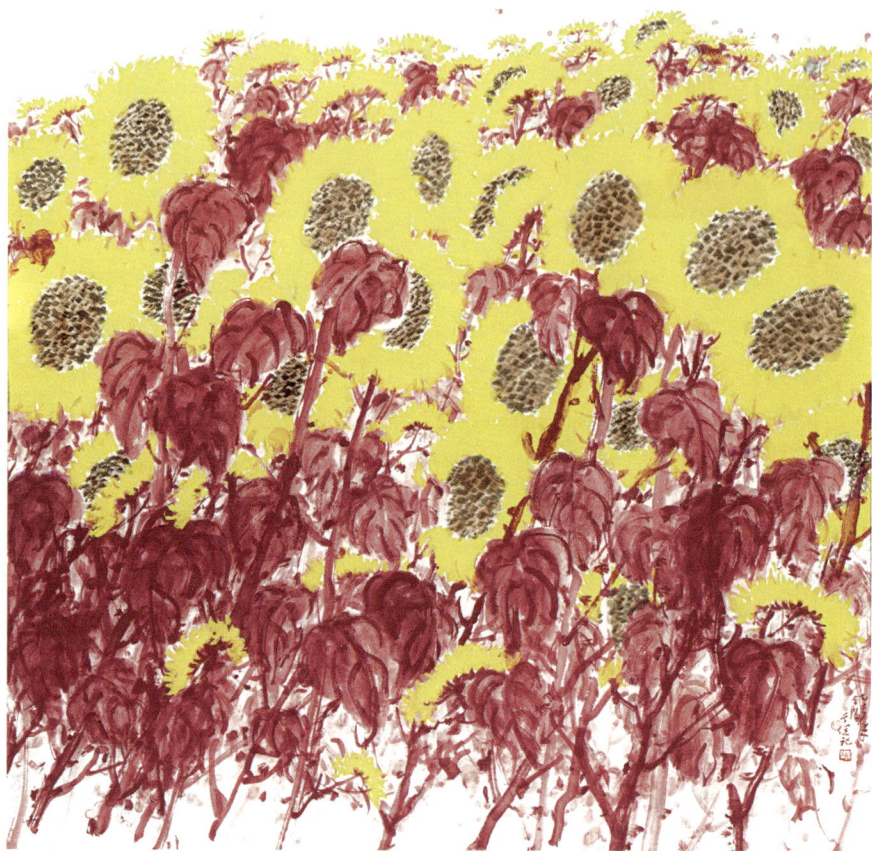

向阳　柳学健

天上人间 王平

作者简介

　　王平（1966—　），江苏镇江人。江苏省美术家协会会员。20 世纪 80 年代开始参加市、省及全国美术作品展，90 年代水彩画《共度慈航》参加北京、上海、深圳三市作品巡回展，彩画《逝》在省美术馆参加省水彩作品展，《新华日报》《扬子晚报》、镇江电视台等媒体多次报道。2009 年举办"王平西津古渡油画写生作品展"，出版有新人文画作品集和写生作品集。

作品赏析

　　王平沉迷绘画几十年，早年创造过油画、水彩画、雕塑及壁画。近些年来，专心从事国画创作，自觉归类为新文人画艺术流派。画风求稚拙通俗，多有随意涂抹之态，实则笔性、水墨、意态多追古法，以风俗、民间生活作为其作品的创作切入点，重构了通俗文化中的幽默诙谐意趣，并将其引入文人画书卷气中。尤重用画面的内容来审视世界，很好地秉承了文人画中的文化素养与风范。其作品构思巧妙，大多不为时空所限，任其意之所念，自由地表达自己对历史的反思和对当下风云世界的变化之艺术观感。他是一位在艺术风格及文学、哲学上有思想的画家。

天上人间　王平

山丹丹花开　郑为人

作者简介

　　郑为人（1967— ）江苏镇江人。江苏大学艺术学院副教授，中国书法协会会员、江苏省书法协会理事、镇江市书法协会副主席、江苏省美术协会会员、镇江市花鸟画研究会会长。作品入展第八届国展、第二届"兰亭奖"、中日自作诗书法大展等。曾在《中国书法》《书法报》《书法艺术》《人民政协报》等刊物上发表个人专辑。曾在江苏省美术馆、全国政协礼堂举办个人书画艺术展。

作品赏析

　　松亭临涧好听瀑，古刹傍崖常看云。此画得此诗意，以传统重彩表现松壑深涧、飞瀑流云、古刹傍崖，意境幽远。

山丹丹花开　郑为人

深山古寺图　孙炜

作者简介

孙炜（1969—　）江苏镇江人。毕业于南京师范大学美术学院，获硕士学位，中国画专业研究方向。中国美术家协会会员、国家一级美术师、镇江市美术家协会副主席、镇江市美术馆（镇江画院）支部副书记、镇江市有突出贡献中青年专家、镇江市中青年德艺双馨文艺工作者。

作品赏析

孙炜山水创新性地融合时代视觉需求，强化笔墨线条的勾皴与点簇，交织丘壑的排列，弱化"景"的空间布局，强化岩块的元素组合，明晰而谨严，在相融与相离间谱写着"画"的本体意义。画面的形式简淡中寓含雅意，在线条书写之中追求"境"之传达，亦不失"心"之相融，并通过"心"对物象的选择产生自我形态的丘壑与灵动笔法的描绘，工写结合，清逸而不失雄浑，将丘壑推向"无丘壑"的"大丘大壑"境地，超离了"丘壑"意义之外而求得山水画本质。

深山古寺图　孙炜